Sous la pluie

Pour tous ceux, dont les pensées

voilent la beauté de leur réalité

PREMIÈRE PARTIE

1

Les aiguilles de l'horloge poursuivaient leur tracé. Une destinée dont j'avais été le témoin une éternité, mais dont le terme me serait inconnu. Car un dernier tour me suffisait, un dernier passage de l'aiguille des secondes devant les nombres. Je profitais de cet ultime périple pour rassembler mes affaires dans mon sac et ordonner le bureau des papiers que j'avais éparpillés durant la journée. Mes yeux retrouvèrent l'horloge et la flèche noire qui venait de compléter son tour.

Je me levai, saisi ma veste que je gardais sur mon avant-bras, et quittai la salle en adressant aux autres travailleurs un au revoir aux sonorités d'adieu. J'arrivai devant l'ascenseur, au-dessus duquel les numéros se transformaient dans un même rythme. Ils augmentaient, diminuaient, et ce continuellement en faisant défiler le nombre que je désirais voir perdurer. Puis, l'affichage se figea et les portes s'ouvrirent. Mes quelques pas pour prendre place au sein de l'affluence, le grincement des portes qui se refermaient et une cloche qui retentit, précédèrent le silence qui retrouvait son règne dans cette cage. L'affichage pu alors reprendre sa partition, chacun de ses arrêts voyant des spectateurs partir et venir. Mes yeux, fidèles à elle, ne voulaient que la voir descendre et atteindre sa note la plus basse. Descendre, encore, enfin… Il était temps, celui du dernier zéro, celui de la dernière fois.

Les portes s'ouvrirent sur un tumulte provoqué par les pas d'une centaine de personnes. Les hommes et les femmes qui se profilaient étaient accordés par une élégance dans leurs tenues ainsi que par une résolution dans leur démarche. Une uniformité, que je percevais comme les prémisses d'un monde d'humanoïdes dont je m'estimais être le meilleur modèle. Aucune émotion ne me composait lors de mes venues, sauf peut-être de la lassitude, ou bien de la mélancolie, à l'idée de revivre ces immuables journées pour le reste de ma vie.

Je traversais le flot de personnes pour me diriger vers la sortie et retrouvais les portes automatiques qui ne s'arrêtaient de danser. Arrivé à distance, elles s'ouvrirent pour me laisser partir, où mon premier pas posé à l'extérieur de l'immeuble scella la fin de mes études et de mes obligations à revenir dans ce lieu. Une différence marquante au regard des autres étudiants que j'avais rencontrés, en étant le seul à ne pas avoir signé de contrat avec une de ces grandes entreprises. Une simple signature sur un papier qui m'aurait lié à l'une d'elle pour l'éternité, mais dont je retardais la réalisation par un aparté à ma vie, un dernier, avant que cette appréhension ne devienne ma réalité.

2

Ce sentiment de subir mon quotidien me suivait depuis plusieurs années, depuis ce moment où il fallut me décider d'une orientation pour des études supérieures. Beaucoup de choix s'étaient offerts à moi, une multitude de formations dans une multitude d'établissements. Une exhaustivité si grande dans laquelle je me suis perdu, au point de m'égarer dans une salle où une lignée interminable de portes se dressait devant moi. Chacune portait sur sa façade des écritures qui expliquaient l'avenir qui m'attendrait derrière elle. Je les lisais, une à une, ce qui me permit aux termes de plusieurs heures de lecture d'arriver à la conclusion qu'aucune ne me conviendrait. Et à l'égard de cette observation, je pris conscience qu'aucun jeu dans ma vie ne m'eus animé au point que toutes mes pensées lui soient consacrées. Une passion, à laquelle j'aurais volontiers dédié mon temps, et qui m'aurait été utile à cet instant.

Cela faisait plusieurs semaines que j'étais dans cette salle, à lire et relire les inscriptions sur chaque porte, sans que je ne parvienne à m'arrêter sur l'une d'entre elles. Durant ce temps, la date butoir, elle, se rapprochait. Les semaines qui me restaient devinrent des jours, des heures, des minutes. Lorsqu'il ne demeurait que des secondes, je me résolus à franchir une porte. Celle reconnue pour être la meilleure, qui selon les dires sur internet et dans les grands salons, m'assurerait une aisance et un prestige que mes parents ne redouteraient de partager.

Mes résultats durant mes trois années de lycée me permirent d'y accéder, et parce que le fonctionnement du monde académique me réussissait, je n'eus aucun mal à surmonter les épreuves des années suivantes. Une belle et admirable réussite, qui ne put se substituer au sentiment d'errer dans une vie qui ne m'était pas destinée. De cela, j'enviais toujours plus les personnes qui avaient su très tôt ce dans quoi elles se consacreraient, et qui n'avaient éprouvé d'hésitation quant au choix de la porte à ouvrir. Leurs pas les rapprochaient de leur rêve tandis que les miens erraient dans un brouillard qui m'empêchait de discerner ce qui s'y trouvait. Dans cet aveuglement, seul l'espoir de voir un horizon se dessiner me faisait avancer. Mais aucune lumière ne me fut parvenue, aucune forme ne se fut profilée. Et arrivé au terme de mes études, il devenait évident que rien n'apparaîtrait.

Je m'étais résigné à mener une vie qui ne m'intéresserait pas, et l'aparté avant d'entrer dans le monde du travail, que je m'octroyais depuis un jour de juin jusqu'à l'avènement de l'automne, me permettait de lâcher durant ce temps, le fardeau des regrets d'être la personne que j'étais.

3

Je venais de franchir les portes de l'immeuble. Seul le trajet pour rentrer chez moi me séparait du répit, mais il s'éternisa de plusieurs heures en raison d'un incident dans une gare. Cette situation que j'avais trop vécue, m'amenait à pester mon monde et mon existence d'abréger la tranquillité que je méritais. Mais cette fois, sûrement était-ce dû à la liberté que j'étais certain de voir se prolonger, car l'attente supplémentaire n'eut aucune influence sur mes émotions.

Je descendis du train. Il ne me restait plus qu'une dizaine de minute de marche. Mes pas se précipitaient. J'étais surpris par leur impétuosité qui me fit atteindre le seuil de mon appartement sans que je le remarque. Je me hâtai d'entrer, de rejoindre ma chambre et de m'affaler sur mon lit sur lequel je passais le reste de ma soirée, laissant mon esprit divaguer parmi les contenus insipides que mon portable lui proposait.

Le lendemain et les jours suivants se résumèrent à des réitérations de cette première soirée où je m'adonnais à l'oisiveté du matin au soir. Mais cette paresse que j'avais tant désirée commença à me peser, et la lassitude ressentie durant ces journées où je ne faisais rien, laissa une place à mon esprit de se rappeler de ce qui m'attendrait lorsque l'été sera terminé. La mélancolie que cet aparté me permit d'oublier me retrouva, à laquelle s'ajouta une anxiété face à l'approche de sa conclusion. Chaque jour, chaque heure, chaque minute, je n'avais que la fin de mon répit en tête. Ce futur qui occupait tout mon présent, je tentai de m'en distraire de toutes les façons possibles, passant ainsi des heures devant les écrans de mon ordinateur et de mon téléphone. Mais alors que je regardais une énième vidéo, je reçus un message d'un de mes amis qui me proposa de l'accompagner visiter un musée à Paris. Peu coutumiers de ces lieux, mon expérience ne se résumait qu'à d'anciennes sorties scolaires. Pourtant, je n'avais pas hésité la moindre seconde pour accepter son invitation, tant cette dernière m'apparut telle une main tendue qui me permettait d'échapper à la morosité dans laquelle je commençais à sombrer.

4

Nous devions nous retrouver le lendemain, accompagnés de deux autres amis. L'impatience de les voir permit à mon esprit de se libérer le reste de la soirée et d'éprouver une nouvelle tranquillité jusqu'au lendemain matin. Mes paupières qui s'ouvraient, laissèrent les rayons extérieurs illuminer mes pensées qui n'éprouvaient que l'empressement de vivre cette journée. Ce même empressement qui animait mes gestes tel un enfant le jour de son anniversaire, et qui m'entraina à l'extérieur avec une demi-heure d'avance.

Lorsque mes trois amis arrivèrent, nous partîmes en direction de Paris où près d'une heure de transport nous séparait du musée. Durant le trajet, nos échanges portaient sur les évolutions que prirent nos vies, évoquant par ailleurs des souvenirs partagés qui teintaient nos voix d'une nostalgie de notre passé. Nos discussions se poursuivirent durant l'heure, ne s'arrêtant qu'à l'arrivée dans la dernière station de métro. Nous sortîmes par des escaliers où chaque marche montée clarifiait le bruit de la circulation et celui de certaines discussions. Une fois à l'extérieur, nos pas et nos regards s'arrêtèrent sur l'architecture Haussmannienne des édifices et des rues, dont l'esthétisme et la cohérence des alignements, sublimés par les rayons luisants du soleil, nous attardèrent dans leur contemplation.

Nous reprîmes notre marche et arrivâmes aux portes du musées après quelques minutes. Nous entrâmes et nous présentâmes à l'accueil pour nous procurer les billets de l'exposition, que nous devions montrer à une femme assise devant la galerie afin d'y pénétrer. Après qu'elle les eût acceptés, nous fîmes nos premiers pas dans la pièce, nous retrouvant au milieu de structures monumentales dont la finesse des détails nous plongea dans le silence. Chacune marquée par les bouleversements de son époque, l'ensemble donnait au musée une atmosphère singulière où se côtoyaient diverses temporalités du passé. Et à mesure que nous progressions dans ce décor, je sentais qu'un nouveau vent enveloppait mes relations, que les œuvres animaient mes amis d'une nouvelle lueur en me permettant de découvrir de nouvelles facettes de leur personnalité par leurs réactions face à elles.

La suite de la visite nous mena plusieurs étages en hauteur, où des baies vitrées qui remplaçaient les murs permettaient d'avoir une vue plongeante sur Paris et sa dame de fer. Des milliers d'individus peuplaient ce paysage, reproduisant une peinture rayonnante de ces muses qui s'y invitaient, simplement parce qu'elles entraient là, à ce moment dans mon regard. J'admirais ce tableau le temps que mes amis terminaient leur visite, puis nous rentrâmes, profitant du retour pour discuter de notre journée et décider du prochain musée que nous visiterions. Lorsque je fus de retour chez moi, je remarquai le détachement de mon esprit permis par cette sortie et m'impatientais de pouvoir vivre celle que nous avions organisée. Mais les jours passèrent. Les nouvelles occupations de mes amis devinrent leur priorité, reléguant nos retrouvailles à une prochaine fois qui ne vit jamais le jour.

5

Je me retrouvais seul, dans un appartement devenu trop grand. Mes songes avaient peint les murs et les objets d'une obscurité que mes yeux ouverts ne parvenaient à déceler les couleurs. La morosité avait repris place dans mes journées, auprès de qui je trouvais une nouvelle aise. Un bien-être qui endormait mes forces et ma volonté de m'en échapper.

Le temps avait lui aussi perdu son éclat. Les nuages gris occupaient tout le ciel. La pluie, elle, occupait toute la ville. Les gouttes fracassaient les fenêtres de mon appartement, créant une dissonance à l'intérieur qui me conviait à me lever pour observer le déluge. Un horizon terne, des ruelles assombries, des passants dénués de ferveur. Un tableau et un peintre aux antipodes de ceux présents dans les hauteurs parisiennes.

Cette réflexion me rappela cette journée et les émotions qu'elle me fit vivre. Une lueur apparaissant dans mon esprit qui m'éveilla par l'envie de les revivre. Je pris donc la décision de me rendre seul au musée, celui choisi avec mes amis, aussi situé à Paris. Mais cette perspective d'y aller seul me procurait la crainte de manquer leur présence et les discussions qui avaient rendu la fois dernière si plaisante. Par ces pensées, mon esprit tentait de me retenir chez moi, mais mon corps, lui, respirait le besoin de fuir. Il s'habilla, ouvrit la porte d'entrée, la franchit, la referma, traversa le couloir de l'étage et descendit les escaliers sans laisser une pensée survenir dans son esprit. Mes mains poussèrent des portes qui s'ouvrirent sur un sol asséché par les rayons du soleil. Haut dans le ciel, il illuminait depuis un bleu éclatant pour raviver l'apparence des éléments sous lui.

Le contraste de ce tableau avec celui que j'avais quitté me fit douter de cette réalité. Je m'accordai un temps pour m'y fondre, ressentant la douceur du vent me parvenir puis repartir, emportant avec lui mes peurs pour ne laisser qu'une sérénité me composer. Après ces quelques secondes, je me rendis à mon arrêt de bus au travers d'une allée d'arbres en floraison qui teintaient le paysage de blanc et de vert. Mais mon admiration pour ce décor s'arrêta lorsqu'un bruit grave survint, que je reconnus être celui d'un bus, et qui m'obligea à courir pour le rattraper.

J'arrivai à la gare au bout de cinq minutes, de concert avec un train qui stationnait sur le quai. Je montai, m'installai sur l'une des nombreuses places libres, et sortis mon téléphone pour m'occuper, branchant mes écouteurs à ce dernier pour écouter de la musique. Le train reprit son voyage, durant lequel j'alternais mon regard parmi les distractions numériques de mon portable et les voyants d'affichage qui s'éteignaient progressivement à chaque départ. Le train semblait plus lent, ses arrêts à chaque gare plus longs. Pourtant, j'avais pris le même temps pour atteindre cette même station.

J'empruntai un métro pour plusieurs arrêts, qui me permit une fois sorti du dernier d'arriver au-devant du musée. J'entrai et me dirigeai vers l'accueil, où se trouvait un homme auprès de qui j'obtins un billet. Il me guida ensuite vers un escalier d'une dizaine de marches que je montai pour arriver dans un hall. A l'autre bout, je discernai l'entrée de l'exposition, et tandis que je m'avançai vers elle, les formes des premières œuvres qui se découvraient m'incitèrent à enlever mes écouteurs pour m'immerger dans l'ambiance du lieu. Alors se dévoila à mon ouïe une palette de sonorités qui vibrait aux notes des explications de guides et des rires d'enfants qui couraient. La vitalité qui résonnait depuis ces sons me stupéfia, car elle s'opposait à mon idée reçue que devait régner dans un musée, un silence semblable à celui présent dans la cage.

Je m'aventurai dans cette symphonie, sillonnant ses pièces érigées au regard de l'évolution de l'Homme. Les œuvres qui s'y trouvaient, symboles de leur époque, me plongèrent dans l'imagination des éléments qui représenteraient celle dans laquelle j'existais. J'étais si captivé par cette réflexion, que je ne me rendis compte qu'à la sortie que deux heures venaient de s'écouler.

Dehors, je retrouvai l'effervescence de vie qui caractérisait la capitale. Cette vivacité qui semblait animer les pas de chaque personne me donna l'envie de vaguer dans les ruelles autour du musée, et de m'arrêter sur une place où l'effusion des sentiments semblait accentuée. Prisé par de nombreuses personnes, l'emplacement qui offrait un panorama sur la Tour Eiffel faisait côtoyer les touristes et les marchands aux travers de vifs échanges. Au-delà de ces voix, plusieurs musiques s'entremêlaient, chacune appartenant à des groupes de danseurs dispersés sur la place. Je pris part à ce monde, m'asseyant sur le sol pour contempler ce spectacle de vie. Cette réunion d'inconnus qui me fascina par les expressions ferventes d'émois, aussi bien de bonheur révélé sur le visage d'un enfant à qui l'on venait d'offrir une glace, que de frustration exprimée en chœur par des danseurs qui devaient recommencer leur chorégraphie gâchée par un passant, me permit durant ces instants d'occulter mon esprit de ses tourments.

Le soleil partit et je quittai la place. Assis dans le métro, mes pensées étaient imprégnées par cette journée et ses péripéties qui m'avaient amené à cette fin. Je me remémorai les doutes qui m'avaient submergé avant de sortir, que je comparais à l'apaisement qui me comblait. Une tranquillité atteinte dans de nouveaux cadres qui se dévoilait à mesure que je me rapprochais de mon appartement.

La vue de mon immeuble fit ressurgir les chaînes de mes peurs. Le hall blanc, les escaliers blancs et le couloir blanc perturbèrent mon esprit qui s'emplit de noirceur dès l'apparition de ma porte. Je sortis mes clés que je peinais à insérer. J'appuyai sur la poignée et m'ouvris à une pièce vide. La vue du salon, de ma chambre et des objets qui les décoraient, me rappela l'anxiété qui avait envahi l'endroit. Mon corps chancela, ma vue se troubla et se perdit dans le noir de mes paupières. Sur le point de se fermer, mon regard fut attiré par un rayon qui se reflétait sur le dos de mon ordinateur. Un dernier espoir. Mon corps se précipita de le saisir, de le mettre dans mon sac, puis de fuir cet appartement.

6

Je me retrouvai sous un ciel décliné dans des teintes de rose et de violet. Ces nuances apportées par le coucher du soleil, entouraient d'un halo les nuages qui parcouraient leur destinée sur cet océan. La beauté de ce monde qui me surplombait désarmait mes pensées, tandis que je poursuivais mon chemin, la tête levée vers lui, le laissant guider mes pas vers l'insoupçonnable.

Mon regard était porté vers cette étendue lorsque je remarquai une embouchure sur ma gauche. Je dégageai quelques branches qui m'obstruaient l'accès, et découvris un sentier assombri par une nature qui semblait n'avoir jamais perdu ses droits. Des arbres poussaient des deux côtés du chemin et se rejoignaient en hauteur grâce à leurs branches et leur feuillage. A travers les espaces entre les feuilles, la lumière éclairait quelques parcelles du sentier, révélant sous sa lueur des fleurs de différentes formes et couleurs. Quelques souffles sillonnaient le passage et caressaient les éléments en produisant l'unique son perceptible dans l'espace.

Je m'engouffrai dans ce monde, remarquant après quelques minutes qu'il menait vers un nouveau lieu. La verdure qui n'y poussait plus, semblait avoir été arrêté par une lumière dont l'intensité m'empêchait de voir ce qui s'y trouvait. Je m'approchai, sentant les battements de mon cœur s'accélérer d'excitation à l'idée de découvrir ce que cette lueur cachait. Lorsque je pus en percevoir les premiers détails, une bourrasque survint et me fit fermer les yeux. Elle dura, durant un temps si long que l'envie de partir me vint à l'esprit. Cette tourmente me heurtait, me frappait, m'enfonçait dans un vacarme qui dévoisait ma volonté. Dans mon aveuglement, les relents que la lueur me fit ressentir quelques temps auparavant me firent avancer. Un pas, un autre... Face à la tornade, les centimètres parcourus disparurent dans l'autre sens. Cette lumière en valait-elle la peine ? Y en aura-t-il une autre ? Un pas, un autre, un de plus… Puis, plus rien. Plus de souffle, plus de bruit, plus rien pour me retenir. Je rouvris les yeux.

Deux vastes champs de fleurs se dévoilaient, séparés par le sentier qui se prolongeait. Une brise parcourait les lieux et faisait danser les fleurs sur une même note. Le soleil démasqué des arbres, arborait l'horizon dans un teint écarlate et inondait la plaine de ses rayons qu'aucun obstacle ne pouvait obstruer. Dans ce cadre, je repris mes pas, sentant que sa simplicité m'envahissait.

Après plusieurs minutes, je distinguai sur le chemin la silhouette d'un arbre, un unique, qui couronnait les éléments par sa grandeur. Chaque pas qui m'en rapprochait me fit comprendre son immensité et les époques qu'il avait traversées. Des années et des saisons esseulées, en étant le seul témoin des changements de ce lieu. Lorsque j'arrivai à son pied, je remarquai qu'un banc en bois avait été bâti à ses côtés. Un ouvrage qui donnait à chaque passant la liberté d'être une compagnie éphémère à cet être.

Je m'assis en regardant le soleil qui poursuivait sa descente. J'étais seul, au cœur d'un calme et d'une clarté qui délivraient le mien. Cette atmosphère apaisante me rappela l'ataraxie ressentie dans la journée, et réveilla mon désir de la retrouver.

Je saisis mon sac, sortis mon ordinateur, et recherchai le prochain musée que j'arpenterais. Mais la liste était longue, près d'une centaine. Alors, pour n'en choisir qu'un, j'imaginai les sensations que j'éprouverais en me baladant parmi leurs œuvres. De l'étonnement, de la curiosité, de la fascination, de l'envoûtement... un alliage de sentiments qui me permettrait de toucher l'accalmie.

Je finis par m'arrêter sur une figure et mon attention qui sortit de mes songes à cet instant, remarqua le soleil qui s'était couché. La lune avait pris place et dominait l'obscurité du site lorsque je quittai le banc.

Cette échappée m'avait permis de m'évader de mes pensées et de revenir armé d'une volonté de retrouver cette quiétude le lendemain. Au matin, je n'avais plus que cela en tête, partir, partir avant que mes songes ne me rattrapent. Je partis aux premières aurores visiter le musée choisi la veille, ne rentrant que le soir, après un détour de plusieurs heures dans mon nouveau lieu de sérénité.

7

Je reproduisais ce schéma durant sept jours, mais constatai au terme que ce rythme effréné avait ôté l'unicité de ces sorties ainsi que l'engouement qu'elles me procuraient. Je me résolus donc à limiter cette routine à un jour par semaine, accroissant ainsi le temps que je passais dans le champ de fleurs devenu le refuge, l'exutoire à mon monde, que seul un couple de personnes d'un certain âge semblait en connaître l'existence.

Je le vis lors de notre première rencontre, dans la lueur de leur regard qui traduisait la joie de constater une nouvelle présence, mais aussi la tristesse que leur repère fut découvert. Mes échanges avec ce couple restaient brefs, limités à quelques mots en guise de salutation. Mais le ton qu'ils employaient, prononcé depuis un visage aux plissures douces, dégageait une profonde chaleur qui me faisait apprécier ces instants. Ils avaient pour habitude de sortir en fin de journée, de se balader une fois que le temps s'était rafraîchi et que le ciel s'était paré de nouvelles teintes. Au loin, j'entendais leurs pas se rapprocher ainsi que des bribes de leur conversation. J'impatientais de les saluer mais n'osais prolonger cet échange, malgré mon souhait de connaître leur histoire qui devait receler tant de belles choses.

Mes journées passées dans ce havre avaient atténué mon anxiété lorsque je rentrais chez moi. La pesanteur dans les pièces semblait s'être allégée, les murs s'être colorés, et l'air s'être renouvelé, ravivant l'espace d'un voile consolant derrière lequel je souhaitais m'éterniser. Puis, un nouveau samedi se leva. Ce jour parmi les sept qui composent la semaine et que j'avais choisi de consacrer à la découverte d'un musée. Toutefois, ce samedi était différent des précédents. L'impatience qui enflammait mes gestes avait disparu au profit d'une braise de paresse en pensant à l'effort que me demanderait un nouveau trajet.

Je décidai donc de repousser mon rituel à la semaine suivante, ce qui étrangement, éveilla en moi la curiosité de découvrir s'il existait un musée qui m'intriguerait suffisamment pour surpasser la lassitude que je pourrais retrouver. J'allumai mon ordinateur, et commençai ma recherche parmi les centaines de musées que mon pied n'avait encore foulés.

Plus d'une heure était passée tandis que je continuais de voguer sur de nouveaux sites internet. J'avais défilé un nombre insensé d'images de tableaux dans l'espoir que l'un d'entre eux me persuade de le choisir. Et finalement, convaincu que seul le temps parviendrait à démêler mes pensées, je me résolus à ajourner mes recherches. Je m'apprêtai à éteindre mon ordinateur lorsque mon regard fut attiré par une inscription au milieu de l'écran. Une recommandation d'un article intitulée : Van Gogh au Musée d'Orsay. Je cliquai sur ce lien qui m'amena sur une nouvelle page dont les premières lignes m'apprirent la présence du peintre néerlandais à Paris. L'exposition portait sur les toiles qu'il avait peintes lors des deux derniers mois de sa vie, à Auvers-sur-Oise. Mais à l'image de ce qui se produira lorsque je m'y rendrai, l'attention n'était portée que sur l'une d'elles, l'article n'exposant la photo que d'une seule œuvre pour clore le texte, celle de La Nuit Etoilée sur le Rhône. Un simple cliché de cette toile qui laissait entrevoir ses milliers de tracés et qui suscita en moi le désir de les voir de mes propres yeux. Mais rien dans l'article ne précisait jusqu'à quelle date cette exposition et ce tableau demeureraient dans la capitale. Ainsi, je pris la décision de m'y rendre, dès l'après-midi.

DEUXIÈME PARTIE

1

L'enthousiasme que j'avais perdu me revint. Je quittais mon appartement sous un ciel bleu dépourvu de nuages, et me rendis à mon arrêt de bus en marchant dans l'ombre des arbres aux fleurs épanouies. Il me fallut plus d'une heure pour me rendre au Musée d'Orsay, que je passais avec de la musique dans les oreilles et le regard perdu dans les scènes que la fenêtre du train me donnait à voir.

Vers quatorze heures, j'arrivai devant l'entrée du musée. Séparée en deux divisions, je me dirigeai vers celle destinée aux visiteurs sans réservation, étendant la file déjà composée d'une trentaine d'individus. Notre avancée était lente, l'immobilité caractérisait cette attente. Elle fut empirée par les rayons du soleil qui s'abattaient à cette heure de la journée. J'observais les visiteurs qui m'entouraient, discernant les mieux couverts et les plus prévoyants, comme une femme qui avait sorti une crème de son sac pour l'apposer sur son visage avant de la partager à ses amies. Pour les moins précautionneux dont je faisais partie, nous interposions nos mains entre le soleil et nos têtes afin de produire un semblant d'ombre qui libérait nos visages de la brûlure des rayonnements.

Plus que cinq personnes demeuraient devant moi et je continuais d'alterner les mains pour me protéger du soleil. Je sentais la lourdeur s'emparer de mes deux bras, lorsqu'un homme en charge de contrôler le flux des entrées apparut. Il leva la ceinture d'une barrière, jeta un coup d'œil à notre rang, et fit signe aux visiteurs me précédant ainsi qu'à ma personne que nous pouvions entrer dans le musée.

Dès mes premiers pas à l'intérieur, je sentis que l'air était plus frais malgré le monde qui circulait. Des mesures de sécurité obligeaient un passage par des portiques puis par un guichet pour se procurer un billet. Lorsque j'obtins le mien, des accès s'ouvrirent sur un couloir dont le bout devait me mener au cœur du musée. Je m'y aventurai, mais après quelques pas, je fus enserré d'une foule dont les personnes semblaient toutes se diriger dans différents sens. Dénué de repères, je me mis à avancer, tout droit, dans l'espoir d'atteindre un mur ou une porte qui me permettrait de comprendre ma position. A travers les corps je me frayai mon chemin, et dans un nouvel instant, tous disparurent, pour ne laisser que la vastitude du musée me faire face.

Toute son étendue et ses détails se découvraient depuis ma place. Une place en hauteur qui dominait une allée ornée de sculptures et de visiteurs. Cette première image du musée, différente des autres rien que par cette prise de vue me laissa en suspens. En forme d'arche, l'architecture des murs et du plafond était composée de vitres, ce qui permettait à la lumière naturelle d'imprégner l'espace et de sublimer les œuvres. Les couleurs de l'arche, des édifices et du sol, une alliance entre du beige et du gris, semblaient avoir été pensées afin de refléter l'authenticité du cadre qui avait vu naître ces statues de bronze et de marbre.

Mon regard porté sur cette abondance de nuances, je débutai ma visite en me dirigeant vers la droite où se trouvait un bureau d'accueil. J'y récupérai un plan du musée que j'affectionnais pouvoir feuilleter au cours de ma visite, puis empruntai un escalier pour m'aventurer sur l'allée que j'avais perçue à mon arrivée. La dernière marche quittée, j'enlevais les écouteurs de mes oreilles, qui furent alors éveillées à une profusion de sons, de bruits, mais surtout de voix où se rencontraient diverses langues et langages. Au sein de ce mélange, je me présentai devant la première sculpture, celle d'une femme endormie dont les yeux n'étaient ouverts que pour un seul homme.

Je poursuivis ma visite en me baladant dans les galeries présentes sur les côtés de l'allée, dont l'une exposait l'évolution du pastel à travers les siècles. Chacune de ses salles avait été peinte d'une couleur différente, ce qui donnait l'illusion de changer d'époque dès lors que j'en quittais une pour en rejoindre une autre. Quelques murs étaient marqués par des écrits qui retraçaient l'histoire du pastel, de sa découverte jusqu'aux plus belles prouesses, évoquant aussi les mœurs des époques qui expliquaient les raisons de son évolution.

Je terminais de regarder les dernières œuvres de cette exposition, lorsque je remarquai l'heure sur mon portable qui indiquait quatre heures passées. Ne sachant pas quand est-ce que le musée fermerait, et par peur de devoir le quitter sans avoir vu La Nuit Etoilée, je décidai d'interrompre la visite du premier niveau, pour me rendre à celui où se trouvait la peinture qui m'avait mené ici. Je consultai le plan qui m'indiqua la présence des œuvres de Van Gogh au cinquième et dernier étage, puis me dirigeai vers cette hauteur en laissant de côté les collections des étages intermédiaires.

Une fois la dernière marche gravie, je sillonnai un long couloir, traversai les tableaux et les foules en cherchant des signes qui permettraient de guider mes pas. Je continuai d'avancer, mais finis par atteindre un escalier mécanique qui ne permettait que de monter depuis le quatrième étage. Je me retournai, prêt à revenir sur mes pas, lorsque je vis un groupe de personnes prendre une nouvelle direction. Je décidai de les suivre, et après quelques détours dans plusieurs pièces, j'arrivai aux abords d'une salle où une pancarte accrochée sur le mur de son entrée me fit comprendre que j'étais arrivé.

2

Debout devant le seuil, je ressentis une atmosphère particulière se dégager de la salle, comme si je m'apprêtais à entrer dans un nouveau monde dépeint de l'imaginaire de Van Gogh. Une excitation brûlait en moi et rendit hésitant mon premier pas. Mes yeux qui étaient portés sur ce mouvement, se levèrent et tombèrent sur le portrait d'un homme, dont les teintes claires de son visage et de sa veste émergeaient du bleu sombre qui formait l'arrière-plan. Je me rapprochai de lui, remarquant les milliers coups de pinceaux qui me laissèrent concevoir les tracés du peintre sur le tableau.

Sur le côté droit de la pièce se trouvait une toile qui représentait une foule intriguée par une même chose. Le jaune caractéristique de l'artiste dominait la toile, prenant possession de chaque visage, de certains vêtements, et des sphères qui semblaient représenter des lanternes suspendues. Ce tableau observé, je le quittai pour me diriger vers la pièce suivante. Mais mes pas s'arrêtèrent à la vue d'un regroupement d'une dizaine de personnes, qui me fit comprendre que La Nuit Etoilée que je cherchais se trouvait là, à quelques pas de moi.

Je m'approchai de ce monde et tentai d'entrevoir le tableau à travers les corps et les têtes. Quelques vains efforts me résolurent à rejoindre le groupe et attendre que les personnes devant moi finissent par quitter leur place. Pour patienter, j'observais les expressions des individus qui m'entouraient, cherchant à déceler les pensées que la toile pouvait leur procurer. De l'émerveillement ou de l'avidité, les regards dévoilèrent les intentions des présences qui se confirmèrent une fois arrivées devant la toile. Alors que j'étais distrait par ces réflexions, une nouvelle lumière me parvint et me permit de revenir à ma réalité. Je constatai l'absence de la personne qui me précédait, et compris que la source de la lueur provenait d'un projecteur au plafond dont la lumière se reflétait sur la toile jusqu'à moi.

Plus personne ne nous interposait. Je m'approchai d'elle. Mes yeux commencèrent à parcourir ses parcelles. Ils se posèrent sur les successions verticales de traits jaunes présentes au centre du tableau, dont l'irrégularité reflétait les fluctuations des lumières provenant d'une ville sur l'eau. Le haut de la toile représentait un ciel nocturne peint dans un dégradé de bleu, et était parsemé d'étoiles brillantes par une pointe de jaune qui ornait leur centre. Sur le bas qui formait le premier plan, deux individus semblaient poser pour le peintre. Leur proximité donnait l'impression qu'ils se tenaient par le bras, ce qui portait une dimension romantique à la scène. Tous ces éléments, peints d'un réalisme propre à l'artiste, me plongèrent à l'intérieur de la toile comme si je percevais ce spectacle de mes propres yeux. Je pouvais en entendre les sons, en voir les mouvements ainsi que leur expansion dans le temps et dans les limites du tableau.

Je ne ressortis qu'après plusieurs minutes, bousculé par un personnage impatient. Je décidai de partir, pour ne pas altérer mes souvenirs par ce geste. Je me frayai un passage à travers les personnes qui attendaient, et lorsque je pus sortir, je remarquai que de l'autre côté de la pièce se trouvait une œuvre aux teintes flavescentes que je reconnus : La Chambre.

A l'opposé de celle que je venais de quitter, seule une femme s'était arrêtée pour la regarder. J'imaginais à quel point elle devait se sentir seule, plus que n'importe quelle autre dans le musée. Chaque jour, elle devait constater le monde qui défilait, sans qu'aucune personne ne vienne lui accorder de l'attention. J'éprouvais une certaine empathie pour cette toile que j'avais vue de nombreuses fois sur internet. Mais ce n'était que devant elle que je pus remarquer la profondeur de ses éléments. L'ensemble qu'ils formaient au sein de ce cadre me portait à croire que cette chambre était celle de deux personnes, celles dont les portraits avaient été peints et accrochés sur le mur. La représentation en paire de ces portraits, mais aussi des affiches, des oreillers et des chaises, me laissa rêver de la vie de ces deux personnes au sein de cette chambre. Qu'il s'agisse de moments de folie où tous deux dansaient éperdument dans ce peu d'espace, ou d'autres plus calmes où la routine prenait place, je m'étais inventé des scénarios, qui au fond, représentaient ce que j'aspirais pouvoir interpréter un jour. Je repris mes esprits et contemplai une dernière fois la toile avant de la quitter. Je m'apprêtais à la laisser seule, de nouveau à sa solitude, lorsque ma démarche fut interrompue par la femme que j'avais remarquée en arrivant devant la toile, et qui n'avait pas vacillé d'un millimètre entre temps.

Tout son être semblait avoir été pris d'une immobilité à la vue du tableau, dans une posture qui donnait l'apparence d'une véritable sculpture. Une œuvre d'art, dont la tête était inclinée sur la gauche, dont les mains portées sur sa poitrine s'enveloppaient l'une sur l'autre, et dont la disposition des pieds, le gauche devant le droit, conférait une stabilité à l'ensemble. Quelques mèches de ses cheveux, bercées par le souffle des passages, venaient défier cet équilibre. Elles parcouraient son visage, caressaient sa peau, ses lèvres, son nez, mais obstruaient son regard, qui lui, restait rivé sur le tableau. Ses yeux semblaient hypnotisés, empreints d'un envoûtement qui laissait transparaître un déferlement de ses pensées. Quelles raisons pouvaient la retenir devant cette toile ? Quels tourments devaient-ils se passer dans son esprit pour que ses réflexions ne trouvent de fin ? A quel point devait-elle être absorbée par ce tableau pour paraître si abstraite à tout le reste ? Toutes ces interrogations que je me posais ne firent que renforcer l'intérêt que j'éprouvais pour cette femme, pour cette sculpture, pour cette œuvre d'art qui se tenait devant moi. Je la contemplais depuis ma place, à sa droite, où seule cette face de son visage m'était permis de voir. J'imaginais la continuité de chaque trait, et mon désir de me déplacer pour lever le voile de ce mystère s'exaltait, mais fut calmé, par un mouvement léger de sa tête.

Elle se tournait, lentement dans ma direction. La courbure de ses lèvres se révélait, puis celle de son nez, de ses pommettes, et de l'intégralité de son visage. Une physionomie aux déclinaisons eurythmiques se dévoilait, bien que son regard, lui, restait imperturbable, toujours porté sur la toile. Son visage maintenant découvert, ce n'est que lorsque son mouvement de tête s'arrêta qu'elle ferma ses yeux pour la première fois. Ce battement de paupière qui ne dura qu'un instant, laissa redécouvrir l'intensité de son regard, qui cette-fois, était tourné vers moi.

Ses yeux restèrent figés sur les miens et me laissèrent comprendre ce que la toile avait ressenti face à ces pupilles dont la profondeur semblait s'emparer de moi. Mes sens se troublèrent, tout ce qui m'entourait perdit en clarté et finit par disparaître. J'étais perdu dans ce regard qui me transporta dans son monde, comme si le mien et tous les éléments qui le composait venaient d'être substitués par cette femme. Durant cet instant, mes pensées et mon corps s'étaient détachés de mon contrôle. Ce n'était qu'au deuxième battement de ses paupières, qui précéda un doux rire, que j'en repris les maîtrises. Elle tourna l'entièreté de son corps dans ma direction, et me prononça des mots, qui brisèrent le silence enveloppant cette œuvre :

— J'ose espérer que le regard que vous posez sur moi, cache derrière lui un sentiment aussi charmant que celui que je ressens. Porté sur ma personne, vous me laissez rêver d'être jalousée par les œuvres qui nous entoure, à qui j'ai manifestement dérobé votre attention.

Suite à ces paroles, les yeux et les lèvres de cette femme se plissèrent, prenant des courbures qui illuminaient son visage. Un nouveau rire s'en dégagea et fit lever la main gauche de cette inconnue devant sa bouche. Par ce geste, elle tentait de dissimuler son éclat provoqué par une audace inusuelle. Lorsque l'accalmie lui revint, elle se retourna vers le tableau et poursuivit :

— Ne trouvez-vous pas cela fascinant que cette peinture n'était autrefois qu'une toile blanche ? Que cette dernière, parvienne par les plus belles circonstances à se retrouver sur le chevalet de l'artiste ? Que le résultat de son défouloir, voguant à travers les âges, finisse par se retrouver là, dans ce musée, à cette place. Que deux inconnus, guidés par leur propre destinée, voient converger leur chemin en cet unique point. Une situation miraculeuse que je suis tentée d'éterniser. Et si vous l'êtes tout autant, en considérant votre sens pour les belles choses, j'aimerais que vous me fassiez part de ce que vous voyez lorsque votre regard se pose sur cette toile.

Les yeux de cette femme se tournèrent vers moi et dévoilèrent des prunelles attentives à mes réactions. Après quelques secondes à les soutenir, je reportais les miennes sur le tableau. Les retrouvailles avec ses éléments replongèrent mon esprit dans mes précédentes réflexions, créant aussi de nouvelles, durant un temps nécessaire pour parfaire ma réponse :

— Je vois deux personnes partager leur existence dans cette chambre. Je les vois se quereller, se réconcilier, s'embrasser, avant qu'elles n'éteignent la lumière et s'allongent sur le lit pour s'endormir. Je les vois s'asseoir sur les chaises présentes dans le fond de la pièce, et discuter de leur vie durant leurs repas. Je les

> vois ouvrir les fenêtres et les volets pour admirer les éclaircies de l'aube, les étoiles de la nuit, puis décider de s'y aventurer, laissant la chambre vide telle que nous la voyons représentée. Il s'agit là des images qui se forment en moi à la contemplation de cette peinture. Maintenant, j'aimerais connaître les vôtres ainsi que l'histoire que vous lisez dans cette toile.

Mes yeux retrouvèrent cette femme dont le regard porté sur le tableau semblait errer dans les scènes que je venais d'évoquer. Une évagation qui prit de nouvelles courbures, en perdant de son ancien éclat, et dévoilant de ses pupilles une peine qui m'intrigua.

— Mes figures sont proches de celles que vous m'avez confiées, reprit-elle. Deux personnes unies par un lien qui, façonné par les hauts et les bas de leur existence, s'est mué en un amour qu'elles ne peuvent oublier.
— Serait-ce ce dernier point qui trace cette tristesse sur votre visage ?

Mais cette femme resta dans un silence. Par cette réponse, je compris que mes mots avaient percé ses sentiments. Le masque qui les dissimulait tomba et révéla un sourire renversé par sa tristesse. Je la vis prendre une plus grande inspiration, puis reprendre :

— Toutes ces scènes d'amour que je me suis imaginées, je ne peux me les représenter sans me dire qu'elles n'appartiennent plus qu'au passé. J'aimerais croire que cette chambre vide sera de nouveau emplie d'amour lorsque le couple reviendra de leur balade. Mais ce mirage me dépasse, car selon moi, ce couple n'est plus et ne le sera plus jamais. De même que pour cette chambre, qui ne demeure plus que le domaine d'une seule personne, l'autre devenu inatteignable. Il y en a toujours une qui part avant l'autre, et je me mets à la place de celle qui est restée, celle dont les souvenirs surviennent au premier pas dans la pièce, à chaque inspiration, à chaque objet touché, où la présence de l'autre est si profondément ancrée que plus rien ne nous appartient.

Elle me partagea ces pensées avec une voix fragilisée, submergée par les émotions que le personnage dont elle s'était imprégnée suscitait en elle. Malgré sa noyade, elle s'efforça de maintenir un sourire qui ne me procura que plus de peine. Un nouveau silence s'installa, elle fixant la toile, moi la contemplant. Elle retrouva l'expression qu'elle portait lorsque mes yeux la découvrirent, ce qui raviva les questions que je m'étais posées, auxquelles j'avais maintenant une idée de leurs réponses. Elle revint à la réalité et s'excusa, pensant que je lui avais parlé durant son égarement :

— Ne vous excusez pas, lui répondis-je, car c'est une bien belle attention que vous offrez à l'œuvre en vous imaginant être l'une de ses modèles. Si vous l'acceptez, j'aimerais vous y rejoindre, de sorte que ces inconnus auxquels nous imaginons la vie depuis quelques minutes, ne soient qu'une évocation de notre histoire au sein de cette chambre devenue nôtre. Cette histoire qui par le départ de l'un connaîtra sa fin, en l'occurrence de vous dans ma représentation, et qui me laisse désormais seul dans cette pièce. Je commencerais par me haïr de n'avoir pas su, ou pu vous garder auprès de moi. Mais lorsque mon cœur reconnaîtra que plus rien de nouveau ne se créera, je redécouvrirais notre chambre, et me rappellerais qu'elle le sera éternellement. Je retrouverais ses éléments sur lesquels sont marquées les péripéties de notre amour. Et finalement, je perpétuerais mes louanges envers le hasard, le destin, ou bien l'être surpuissant qui m'a gracié de votre présence, ne serait-ce que pour un fragment de mon existence.

— Votre parole est belle à entendre. Mais est-elle la perception de la manière dont vous réagiriez, ou de celle que vous avez vécue ?

La pertinence de sa question me mua dans mes pensées, qui s'articulèrent après plusieurs secondes :

— Je dois vous avouer, je n'ai jamais vécu de pareille relation. J'ai plutôt tendance à laisser les rencontres se produire, les personnes prendre part dans ma vie sans chercher à les retenir lorsqu'elles commencent à partir. Le temps donne très souvent raison à mon détachement.

— Je partage votre position. L'esprit se trouve plus serein et plus libéré lorsqu'il n'attend plus rien d'autrui et de la vie. Il y a un certain confort dans l'abandon de soi, dans l'indifférence, et dans la remise totale d'une rencontre aux mains du destin.

— Selon vous, que déciderait-il de la nôtre ? lui demandais-je intrigué par ses derniers mots.

— Comment souhaitez-vous que notre rencontre se finisse ?

— Je n'ai aucune attente vis-à-vis d'elle.

— Alors c'est ainsi qu'elle se terminera !

Notre échange s'acheva par cet éclat. Cette femme s'éloigna de moi, se dirigeant vers la prochaine pièce de l'exposition. Mais avant de quitter celle dans laquelle nous étions, elle s'arrêta et se retourna : Le musée regorge de sublimes œuvres. Ne serait-il pas regrettable que nous restions seulement devant elle ?

La hardiesse dans ses mots traduisait une limpidité entre ses actes et sa volonté. Aucune ombre ne semblait l'obstruer de ses désirs. Et voir ce courage de les assumer sans crainte, fit apparaître des lueurs derrière les brumes de mon existence. Je m'élançai vers elle et atteignis ses côtés. Nous échangeâmes un regard, un unique, par lequel je sentais la vitalité de cette femme se transmettre à moi.

3

Nous terminâmes l'exposition sur Van Gogh et arrivâmes devant un escalier qui menait vers l'étage inférieur. Le pied de cette femme s'apprêtait à se poser sur la première marche mais je l'interrompis pour lui avouer l'empressement que j'avais éprouvé pour cette salle, et mon délaissement pour les autres tableaux du niveau que j'étais maintenant désireux de voir. Cet aveu figea le visage de cette femme, maintenant ses sourcils relevés et sa bouche entrouverte. Une nouvelle immobilité qui exprimait un ébahissement face à mes actes et qu'elle tentait de dissimuler en arborant l'indifférence. Une tentative vaine, car elle ne put couvrir son sourire et empêcher l'éclatement qui suivit. Juste devant moi, elle continuait de rire tandis que je la regardais, subjugué d'être raillé avec une telle impudence. Après plusieurs secondes elle s'arrêta, reprit son souffle et s'excusa pour son geste. L'effervescence retombée, elle accepta de me suivre, justifiant cette décision par l'impertinence dont elle venait de faire preuve. Nous fîmes alors demi-tour, repassâmes devant La Chambre et arrivâmes dans le couloir principal où se trouvaient les autres œuvres.

Nous pénétrâmes dans l'allée et échangions sur les tableaux qui se présentaient. A mesure que nous progressions dans le couloir, nous commencions à nous détacher de l'autre, chacun se laissant guider vers là où son instinct l'emmenait. Mais les fils avaient beau se défaire, il en demeurait un qui continuait de nous lier, de faire avancer nos pas dans un même rythme. Ce lien, une sorte de connivence naturelle, me permettait de retrouver cette femme, de converser avec elle et de découvrir des facettes de son histoire et de sa personnalité. Pourtant, ses réponses me perturbaient. Il y avait quelque chose, quelque chose dans l'expression de son visage ou dans l'inflexion de sa voix qui me donnait l'impression d'entendre un récit, un texte déjà écrit dont la lecture m'était machinalement retournée selon la question. A cela, s'ajoutait une subtile manière de me renvoyer la parole, de me faire perdurer dans mon discours pour restreindre le sien. Lorsqu'elle se dévoilait, elle paraissait encore plus insaisissable. Comme si ses paroles et sa personne n'étaient qu'un reflet sur une étendue d'eau, un miroitement qu'elle m'accordait de voir, mais dont l'atteinte suffirait à faire disparaître. Comme si la distance qui nous séparait ne pouvait décroître, elle, veillant à la préserver indemne.

Mon esprit était préoccupé par ces pensées lorsque nous achevâmes la visite du cinquième étage. Nous descendîmes et fîmes un tour du quatrième et du troisième niveau, où les œuvres exposées ne nous suscitèrent qu'un faible intérêt, alimentant ainsi peu de conversations. Nous descendions les marches vers le deuxième étage lorsqu'une annonce s'employa dans le musée et nous informa qu'il ne restait plus qu'une demi-heure avant qu'il ne ferme.

La dernière marche descendue, nous arrivâmes sur la Terrasse des sculptures où la disposition des œuvres, de part et d'autre de l'allée, donnait un caractère majestueux au passage. Je remarquais que ces statues et cette atmosphère avaient permis à cette femme de retrouver sa fougue perdue lors des précédents étages. Elle s'arrêtait avec euphorie devant les sculptures, notamment ceux d'Auguste Rodin, où le monde qui les encerclait me rappelait celui devant La Nuit Etoilée. Je fis le tour de mon côté et attendais cette femme à l'écart pour lui laisser la liberté de se plonger dans ses réflexions sans être perturbée par ma présence ou le souci de ne pas me faire attendre. De là où j'étais, je m'amusais à l'observer prendre des postures improbables pour scruter les détails des œuvres, de la première à la dernière avec une grande minutie. Lorsqu'elle eut fini, elle releva la tête, cherchant du regard quelque chose qui semblait avoir disparu. Ses yeux parcouraient la Terrasse puis s'arrêtèrent sur moi. Elle traversa l'allée, se faufila entre les sculptures et les personnes pour me rejoindre. Dans cet élan, son regard se porta sur l'une des horloges monumentales qui ornaient le musée. Était-ce les aiguilles qui lui avaient murmuré des mots ? Car une fougue semblait avoir embrasé les pas de cette femme. Sans s'arrêter devant moi, ils accélérèrent, sillonnèrent la Terrasse sans ralentir devant une sculpture. Je me mis à la suivre, constatant au terme de sa véhémence qu'elle m'avait amené à l'intérieur d'une immense pièce.

L'approche de la fermeture du musée l'avait vidé de ses visiteurs, laissant un silence errer que seuls nos pas semblaient pouvoir défier. Le contraste entre ce calme et l'habituel bruit qui animait le musée renforçait l'impression d'entrer dans un nouvel univers. Un nouveau lieu où tout était harmonieusement plus grand, où les tableaux peints sur plusieurs mètres de longueur et de largeur me laissèrent méditer au sujet de leurs auteurs et des procédés qu'ils avaient dû employer pour les réaliser. Je regardais chacun en imaginant sa vie, son origine, ses voyages. A l'instant où je fini de les contempler, je remarquais l'absence de celle qui m'avait accompagné durant cette journée. Plus aucun bruit ne se faisait entendre, seul le vacarme du silence régnait dans l'immensité. Par instinct, je tournai mes yeux vers la sortie, constatant que personne ne m'y attendait. Quelque chose d'inhabituel s'éveilla et s'empara de moi. Une sorte de panique que je ne pouvais contrôler, ni lutter contre. Mais dans le silence, une douce voix s'éleva.

Juste derrière vous.

Je me retournai et la découvris à quelques mètres de moi. Elle demeurait immobile, le regard porté sur ma personne, auquel je répondis par une expression de totale incompréhension. Un sourire se dessina sur son visage, sûrement provoqué par mon embarras. L'instant suivant, le bas de son corps se fendit. Sa jambe droite glissa derrière la gauche, faisant abaisser sa taille. Son buste resta droit, mais ses bras s'employèrent et donnèrent l'apparence qu'elle relevait les pans d'une robe invisible. L'instant d'après, elle reprenait sa posture.

J'étais stupéfait, à la fois par des questionnements vis-à-vis de cette révérence, que par son élégance qui rappelait celle des dames et demoiselles d'autrefois. Je retrouvai mes esprits aux travers de son regard qui me fit comprendre par son insistance qu'elle attendait que je lui réponde. Alors, reproduisant les gestes d'un gentleman de la même époque, je me courbai en feignant de retirer un couvre-chef. Je me redressai et vis cette femme se rapprocher de moi. Quelques centimètres nous séparaient.

Les traits de son visage se révélèrent avec une clarté qui me permit de remarquer les teintes rougies de ses joues. Nous restions l'un devant l'autre, sans qu'aucun ne prononce le moindre mot. Dans cette immense salle redevenue silencieuse, j'entendais les battements de mon cœur se heurter contre ma poitrine. Ils résonnaient, à chaque coup, partout dans mon corps. Ma respiration se saccada puis s'arrêta lorsqu'elle saisit mes mains. Elle les leva, en posa une sur sa taille et garda l'autre dans la sienne. Elle m'adressa un mouvement de tête, et avant de pouvoir récupérer mon souffle, elle s'élança vers moi, avec une ardeur qui me fit reculer. A droite, à gauche, en avant, en arrière, elle m'entraîna dans ses pas que je peinais à suivre. Mes yeux se rivèrent instinctivement vers le sol, aussi bien pour anticiper son prochain mouvement que pour éviter de lui marcher dessus. Et au beau milieu de ce chaos, je sentis un effleurement sous mon menton, un léger toucher produit par le bout de son index. Il s'était posé pour relever ma tête, pour détourner mon regard du sol et le diriger sur le sien. Des larmes coulèrent sur son visage, depuis ses yeux qui pour la première fois, exprimèrent une émotion que je n'avais besoin de percer. J'arrêtai de penser et laissai mon corps se mouvoir au rythme des pas de cette femme.

Dans cette salle devenue nôtre, les tableaux se transformaient en spectateur silencieux de notre danse. Nos pas et le rire de cette femme composaient une partition qui enchantait le lieu en insufflant une vitalité à ces natures mortes. Dans le vacarme qui résonnait, nous continuions à tournoyer, nous laissant aller et nous rattrapant, encore et encore, jusqu'à ce qu'une femme apparaisse pour nous informer que le musée allait fermer. La pointe de gêne perceptible dans sa voix me laissa penser qu'elle aussi aurait souhaité que cette danse perdure. Mais le rire de ma partenaire et le bruit de nos pas s'arrêtèrent, ainsi que nos corps qui se délièrent.

4

Nous nous dirigeâmes vers la sortie, traversant une allée principale désertée de son monde et de son bruit. Le silence s'était emparé du musée et accentuait celui qui s'était installé entre cette femme et moi. Aucun de nous ne l'avait bravé depuis que nos corps s'étaient lâchés, et il se prolongeait, devenant plus embarrassant à chaque seconde. Mon esprit désespérait de trouver quelque chose à lui dire, un quelconque sujet qui permettrait de rompre la tension de ce silence. Je me perdais dans cette tergiversation, si bien que je ne me rendis compte de notre avancée et que nous étions arrivés dans le hall d'entrée.

La vue de la porte de sortie me rappela l'inévitable divergence qui résulterait de cette journée. Perceptible à travers les vitres transparentes du musée, le temps à l'extérieur qui, tel un témoin sachant ce qui se passerait, déversait une pluie dont les pleurs s'entendaient de l'intérieur. Un déluge, qui ne freinait les derniers visiteurs venant d'effectuer leurs achats de franchir la porte et de s'y aventurer.

Finalement, nous étions les derniers à quitter le musée. Nous nous trouvions de l'autre côté de la porte, sous l'auvent de l'entrée qui nous protégeait de la pluie. Un seul pas m'avait suffi pour franchir le seuil, le dernier pas de cette journée auprès de cette femme, le prochain étant celui qui m'éloignerait d'elle. J'avais repoussé l'échéance de notre fin à ce moment, à cette limite où nos chemins ne faisaient encore qu'un. Dès lors, je ne ressentais plus que la peur de voir la banalité s'emparer de notre séparation, le dénouement d'un film qui laisserait ses acteurs dans une éternelle insatisfaction. Il fallait que ce dernier acte puisse clore la pièce à la hauteur des émotions qu'elle m'avait permises de vivre. Je pris une grande inspiration. Ce réflexe qui précède les bouleversements d'une vie, comme si l'air qui entrait dans mon corps suffirait à me décharger de mes peurs et de mes doutes une fois que je l'aurais expiré. Lorsque mon dernier souffle se confondit avec la pluie, je me tournai vers elle, résolu à lui exprimer mes intentions. Je m'apprêtais à les articuler mais je fus stoppé par son regard porté sur la place devant nous. Ses yeux étaient captivés par le déluge comme s'ils parvenaient à percevoir la chute de chaque goutte depuis le ciel jusqu'au sol. Elle demeurait imperturbable, dans une sérénité qui prenait le dessus sur cet environnement. Mon cœur et ma respiration que j'avais retenus se relâchèrent à la vue de cette scène. Les tracas qui me rongeaient semblaient avoir trouvé une réponse dans la tranquillité de cette femme, et me laissèrent même penser qu'elle n'avait aucune réticence à prolonger notre moment. Était-ce à cause du déluge qui s'abattait et qui la retenait sous l'auvent ? Ce temps désastreux auprès duquel j'avais à rendre grâce.

5

Cette place qui brûlait sous le soleil il y a quelques heures était maintenant libérée de sa chaleur et du monde qui l'avait envahie. Devenue maîtresse des lieux, la pluie voyait quelques passants la braver. Certains couraient pour éviter de se faire submerger, d'autres marchaient sans y prêter de l'importance. Et cette vaillance, ou bien ce renoncement à défier les circonstances, m'avait armé d'un courage pour briser le silence :

— Notre prestation de danse aurait bien mérité un prix, vous ne trouvez pas ? entamais-je la conversation avec une ironie que je craignais d'être incomprise.
— Il n'en fait aucun doute ! répondit-elle avec un humour qui me rassura. Je suis convaincue que notre place au sein des plus prestigieux théâtres est assurée.

— Et que dire de votre rire, dont le retentissement dans la pièce me fit comprendre mon potentiel qui se dévoilait à vos côtés, continuais-je avec la même ironie, connaissant les raisons de son éclat.

Elle s'accorda un temps pour se remémorer la scène, ce qui fit parer son visage d'un sourire embarrassé.

— Pour être honnête avec vous, vous me sembliez si déconcerté et si peu à l'aise dans vos pas que je ne pouvais me retenir de rire. Je tiens à m'excuser pour cela !
— Nul besoin de vous excuser ! Car l'improbabilité de cette situation aurait décontenancé le plus accompli des danseurs ! Puis-je vous demander ce qui vous a poussé à réaliser cette performance avec moi ?
— Pourquoi ? Cela ne vous a pas plu ? me demanda-t-elle d'un ton espiègle, feignant d'être contrariée par ma question.
— Je n'ai aimé que la fin, lorsque la demoiselle est apparue pour me sauver ! répondis-je avec un ton similaire. C'est l'inédit de cette situation, repris-je d'un ton sérieux, en outre partagée avec un inconnu qui me devait de vous interroger à son sujet.
— Pour vous répondre, poursuivit-elle avec la même inflexion, il n'y avait aucune intention particulière derrière cet acte. Je fus simplement portée par

l'atmosphère de la pièce et l'essor de notre rencontre durant cette journée. Puisqu'elle touchait à sa fin, je m'étais dit que de la terminer de cette manière ne l'aurait rendu que plus mémorable. Pensez-vous que votre sauveur se souviendra de nous ?

— Je pense que toute personne qui aurait été témoin d'une telle scène rêverait de pouvoir la vivre soi-même un jour. Dès lors, chaque visite au sein d'un musée qui ne se terminerait de la sorte laisserait un sentiment d'incomplétude pouvant ternir la plus merveilleuse des journées.

— Et qu'en est-il de vous ? Vous qui n'avez pas été spectateur mais bien l'acteur principal de cette représentation !

— Que souhaitez-vous savoir précisément ?

— Si vous oublierez cette journée.

— Je crains que oui ! répondis-je avec humour. Qu'en sera-t-il pour vous ?

— Il en sera bien évidemment de même !

Un silence suivit cet échange, comme si nous l'avions laissé s'immiscer pour apaiser notre fougue. Car tout mon être frémissait en réponse à ce qui se passait, en réponse à la spontanéité dans mes mots, en réponse à la facilité avec laquelle je lui parlais. Mes mots se prononçaient sans passer par le jugement de mes songes, un aller simple depuis mon cœur jusqu'à mes lèvres :

— Même si je le désirerais de tout mon être, repris-je sincèrement, je ne pourrais oublier cette journée.
— L'oubli n'est au final qu'une période qui dure jusqu'à ce qu'un élément l'interrompe. A ce moment, si la nostalgie de ce souvenir vous frappe, il vous suffira de revenir et de revivre cette journée.
— Certainement, mais je doute de pouvoir rencontrer une femme aussi intrigante que vous.
— Vous ne le saurez qu'au moment où vous reviendrez. Peut-être tomberiez-vous sur une personne aux couleurs plus belles !
— Une couleur ? Quelle serait la vôtre ?
— Aucune... mais aussi toutes à la fois !

A cet instant, plusieurs personnes traversèrent la place. L'attention de celle avec qui j'attendais sous l'auvent se porta sur ces individus. Elle les observa avec une expression qui me questionna. Dans son regard, je pouvais y lire une envie, une convoitise envers ces personnes écrasées par la pluie. Puis, lorsque la place retrouva sa solitude, elle me demanda :

— Vous arrive-t-il de croiser des personnes un simple instant et qu'elles ne disparaissent plus de votre esprit ? Que vous n'échangiez qu'un regard, deux ou trois mots, ou rien de cela, mais que tout reste gravé en vous ?

— Il y a des visages qui m'ont saisi plus que d'autres sur le moment, mais aucun ne m'est resté en tête. J'imagine que la réponse est différente pour vous.

— Qu'il s'agisse de leurs silhouettes, visages ou voix, il y a des personnes qui sont encore bien vivantes dans mon esprit.

— Y avait-il une raison pour que ces personnes vous marquent plus que d'autres ?

— Pas vraiment non... mais cela m'amuse de penser qu'elles continuent de mener leur vie sans se douter qu'elles demeurent dans l'esprit d'une vulgaire passante.

— Il doit être pareil pour vous. Parmi le monde qui vous a regardé, il est certain qu'une de ces personnes vous a remarqué, pour une belle ou une mauvaise raison d'ailleurs.

— Si tel est le cas, j'ose espérer que l'on me retienne pour une bonne raison !

— Une bonne raison... Alors, quels bons souvenirs aimeriez-vous qu'on garde de vous ?

— Les souvenirs d'une per...

...

Permettez-moi de vous retourner la question ! Vous êtes le mieux placé pour y répondre ! Confiez-moi les choses que vous retiendrez de moi, ainsi j'aurais une idée de la manière dont je peux errer dans les esprits de certains.

— Les souvenirs d'une ? répétai-je sans avoir écouté les paroles qui suivirent. Pourquoi vous êtes-vous arrêtée ?
— Car vous êtes le mieux placé pour y répondre !
— Comment ? Je cherche à savoir ce que vous aspirez de votre propre personne. Envers soi-même, on peut distinguer les sévères des tolérants. Qu'il s'agisse de l'un ou de l'autre, il est difficile de se prononcer, difficile de transformer une volonté en une responsabilité. Vous me sembliez pourtant prête à le faire ?
— Les mots me parurent trop lourds pour les porter jusqu'à ma voix.

Rien que cet aveu parut être une montagne qu'elle venait de gravir. Il m'était impossible d'insister. Ce miroitement que je touchais disparaîtrait à la prochaine question. Pour espérer l'étreindre, il fallait aller dans le sens du courant :

— Je retiendrais tout de vous, repris-je. Tout, depuis le premier instant où je me suis retourné vers vous. Depuis, je n'ai ressenti que le désir de vous découvrir.

Que cela concerne votre apparence, les raisons de vos humeurs ou votre histoire, je fus submergé par un flot continuel de questions auxquelles vos réponses ne firent qu'ajouter des énigmes supplémentaires.

— Votre attention me touche. Je tiens à m'excuser pour l'équivoque de mes réponses, me dit-elle avec une sincérité que je ne pus remettre en doute. Dites-moi ce que vous souhaitez savoir de moi et je m'évertuerais à vous répondre ! continua-t-elle avec l'entrain de se rattraper.

— Pour commencer, j'aimerais connaître votre nom.

A l'entente de ma demande, cette femme semblait s'être perdue dans ses pensées. Pensées qui lui firent arborer un sourire tel qu'il me fit comprendre le plaisir qu'elle avait à entretenir son mystère. Elle devait réfléchir aux réponses les plus improbables tandis que je la regardais avec un égaiement que je tentais de cacher.

— Quel nom me donnerez-vous ? demanda-t-elle avec innocence.

— Vous le voyez ! C'est de ces détournements dans vos réponses que je parlais !

— Voilà un nom bien original que je n'ai jamais entendu. Même si je le trouve un peu long !

Alors qu'elle me persiflait, des éclaircies se découvrirent dans le ciel. La pluie s'était arrêtée. Plus rien ne semblait pouvoir retenir cette femme à mes côtés. Mon cœur se remit à battre, de plus en plus fort, dans un martèlement qui résonnait dans tout mon corps. Ces coups, aussi bruyants pouvaient-ils être, avaient été dompté par le sentiment, ou le devoir, d'achever cette journée par ma propre volonté. Le regard porté sur la place qui se remplissait, je lui demandai :

— Seriez-vous intéressée par l'idée de nous retrouver autour de nouvelles œuvres ?

Mais ma demande trouva un silence en guise de réponse. Plusieurs secondes s'écoulèrent sans que rien ne se passe. Un simple instant de mon existence qui était insoutenable, durant lequel je n'osais ni la regarder ni essayer d'interpréter ce mutisme.

— Je crains de ne pas le pouvoir.

Ces mots se répétèrent en moi tel un écho dont la confusion des sons rendait difficile sa compréhension. Ils se clarifièrent mais seules les négations importaient. Je me tournai vers elle et confrontais son regard pour ne pas gâcher le souvenir qu'il m'était encore permis de vivre. Les douces plissures de ses yeux reflétaient la délicatesse de sa réponse, une façon polie d'atténuer la véracité de ses mots, dont la cruauté du sens était celui de nous oublier. Plus rien alors ne semblait avoir d'importance. Il fallait que je lui dise, que je lui exprime ce que je m'efforçais de garder. A quoi bon se retenir lorsque la dernière page est déjà écrite ? Cette inconnue dont je ne parvins à connaître le nom, je souhaitais la remercier pour cette journée :

— Je dois vous l'avouer, j'accueille avec une certaine déception votre réponse. Mais le renouveau que vous m'avez permis est tel que je ne puis me permettre d'aller à son encontre. Ainsi, je profite de ces derniers instants où vous êtes avec moi, pour vous confesser quelques mots avant que je ne parte, et que vous ne deveniez le souvenir qui me hantera. Vous m'avez parlé des inconnus que vous aviez croisés et que vous n'aviez pu oublier, sachez que je ferais partie de ceux chez qui votre regard et votre impertinence seront immortalisés. Je pars, avec le seul regret de n'avoir pas su vous retenir. Mais cette peine est incomparable à l'exaltation procurée par nos échanges, à l'envoûtement lorsque mes yeux se posaient sur vous, et à l'enchantement qui me fit léviter durant cette journée. Cette journée ou plutôt ces quelques heures, qui par les plus belles circonstances, ont bel et bien existé.

— Vous êtes bien cruel de m'adresser ces mots.

— J'espère que vous me pardonnerez, car il m'était impossible de vous quitter sans vous confier ce que je ressentais.

Je reculais d'un pas et la saluai par un sourire. Je posais mes yeux sur son visage, une dernière fois, pour être certain de ne pas l'oublier. Je me retournai pour me diriger vers la station de métro.

Mes pieds avancèrent tandis que je me remémorais nos échanges, imaginant des scénarios dans lesquels je l'aurais convaincu de me revoir. Pas après pas, je m'éloignais du musée et de cette femme, et atteignis la station sans me retourner une seule fois. La crainte de ne pas la voir m'en empêchait, il était plus rassurant de maintenir le doute qu'elle soit derrière moi. Je descendis les escaliers en sortant ma carte de transport. Je passais les portiques et empruntais les marches qui menaient au quai pour rentrer chez moi. Quatre minutes d'attente étaient affichées sur un tableau. Je m'asseyais sur une chaise pour reposer mes pieds qui commençaient à souffrir. J'étais plongé dans mes pensées si bien que ces quatre minutes passèrent sans que je n'en vive une seconde. Le bruit causé par le métro qui entrait du tunnel me ramena à moi. Il s'arrêta, ouvrit ses portes, des passagers en descendirent. Je montais après eux et cherchais une place pour m'asseoir. J'en trouvais une sur le côté gauche, me dirigeais vers elle, mais remarquais à travers une des vitres du train, la silhouette de mon inconnue qui se trouvait sur l'autre quai. A cet instant, une alarme sonna, celle annonçant la fermeture des portes. Elles se clôturèrent devant des personnes qui avaient couru dans l'espoir de les franchir, et qui exprimèrent une déception à la vue du métro qui partit sans eux, sans moi. Le temps qu'il prit pour disparaître me parut une éternité. Lorsque son dernier wagon s'enfonça dans le tunnel, ne laissant rien d'autre que les rails pour séparer les deux quais, je vis cette inconnue, debout de l'autre côté. Plus rien chez cette femme ne reflétait la stabilité qui la définissait. Son corps et son regard parcouraient le quai sur lequel elle se trouvait. Lorsqu'elle arriva au bout, elle s'arrêta et fit demi-tour. Elle monta des escaliers, et alors que sa dernière jambe disparaissait, le mutisme qui m'emparait se rompit :

Juste derrière vous !

Je remarquai le monde se tourner vers moi, sûrement surpris par la tonalité que j'avais appliquée dans mes mots pour que cette femme m'entende. Son pied qui s'était levé, se reposa sur la marche. Elle en descendit une, une autre, parcourut du regard le quai sur lequel j'étais et l'arrêta sur ma personne. Elle descendit les dernières marches, se plaça face à moi, aussi près que le permettait la limite de sécurité. Sa présence, à la fois si proche qu'inatteignable, alimentait le mystère qui la caractérisait mais que je ne souhaitais plus percer. Comme si mes confidences sous l'auvent suffisaient et qu'aucun mot supplémentaire ne serait parvenu à lui exprimer quelque chose de plus. Je la vis prendre une inspiration, elle s'apprêta à parler. Le bruit du métro qui se disposait d'entrer dans la station l'arrêta.

Il stationna et s'interposa entre nous. L'attente me parut infinie, si longtemps que l'idée de vouloir passer de l'autre côté du quai pour la rejoindre me survint. Mon premier pas se posa mais s'arrêta. Je pris conscience que je ne savais rien de ce que cette femme voulait me dire, rien des raisons de sa présence, et cette distance infranchissable entre les quais fut quelque chose que je remerciais. Je revenais un pas en arrière, préférant attendre le départ du métro. L'alarme retentit et il repartit, disparaissant de l'autre côté du tunnel et dévoilant un quai vide où cette femme ne s'y trouvait pas. Avais-je bien vu ? Sur le quai devant moi, de nouvelles personnes commençaient à affluer. Je ressentais une déception en réalisant qu'elles n'étaient pas elle.

Trois minutes me séparaient du prochain train. Je me retournai pour reprendre la place assise que j'avais laissée mais constatai qu'une personne l'occupait. Je balayais le quai du regard pour voir si une place était restée libre, quand mes yeux s'arrêtèrent sur mon inconnue, qui se trouvait devant moi, sur le même quai.

Sa respiration était saccadée, son corps le semblait aussi. Elle reprit son souffle, s'approcha de moi à une distance qui empêchait toute personne de s'immiscer entre nous. Ses yeux restèrent rivés sur les miens, avant de s'armer d'une soudaine intensité qui se transmit dans ses paroles :

Quel musée ?

Je répétai tout bas sa question, ne la comprenant pas. S'apercevant de ma confusion, elle reprit :

Vous ai-je contrarié au point que vous ne souhaitez plus me revoir ?

Mais je restai sans voix, comme si ses mots m'avaient figé. Je m'étais pourtant résigné à ne plus jamais la revoir, mais sa présence, là, devant moi, était bien réelle. Mes pensées se brouillèrent, se bloquèrent au point de ne pouvoir réfléchir à sa question. Mais j'avais conscience du silence que je laissais et craignais qu'elle l'interprète maladroitement. Peu à peu, ce qu'elle me dit pris forme dans ma tête. Je reconnus même dans sa phrase sa touche d'humour que j'appréciais, ainsi qu'une certaine ténacité qui me donna la force de lui répondre :

— Le Musée Rodin, lui répondis-je subitement, porté par un souvenir d'elle autour des sculptures de cet artiste.

— Ce sera donc au Musée Rodin que nous nous retrouverons ! Disons… samedi prochain, à quinze heures !
— Vous aviez pourtant dit que vous ne le pouviez pas ?
— Il est vrai, et ces mots demeurent véritables. Maintenant, je ne ressens que la peur de ne pas honorer ma parole. Mais j'espère qu'il n'en tiendra qu'à moi et à vous de décider si dans sept jours nous nous retrouverons…

J'acquiesçai de la tête les paroles qu'elle venait de m'adresser. Je remarquai un sourire se dessiner sur ses lèvres, avant qu'elle recule de quelques pas et me salue d'une révérence similaire à celle précédant notre danse. Je lui répondis de la même manière, mais constatai une fois la tête relevée, que cette femme avait disparu. Je repris mes esprits grâce à l'alarme qui retentit dans le métro et qui m'entraîna à l'intérieur. Je trouvai une place assise, me perdis dans cette journée et dans la façon improbable dont elle se termina. Par réflexe, je saisis mon téléphone dans ma poche. Je pris alors conscience que je ne pourrais retrouver cette femme que par notre rendez-vous.

TROISIÈME PARTIE

1

    Les jours défilaient et me firent ressentir diverses émotions. Le premier était empreint d'une fièvre causée par les souvenirs de cette rencontre venue d'ailleurs. J'impatientais que les jours se déversent afin de vivre les scènes que je ne cessais d'imaginer le long de ma journée, ainsi que celles que je rêvais le soir et qui me tenaient éveillé face à la lune.

Le lendemain et les jours qui suivaient s'avérèrent différents. L'effervescence tombée durant la nuit avait été remplacée par une appréhension grandissante. Comme si mon esprit ne pouvait concevoir de belles retrouvailles, il me ramenait constamment au silence du premier refus et au vide qu'il créa en moi. Pensait-elle à moi comme je pensais à elle ? Partageait-elle la même fièvre de me revoir ? Allait-elle se présenter à notre rendez-vous ? Ainsi se déroulaient les six autres jours, mes pensées naviguant sur les eaux de l'excitation et de l'incertitude. Mais le vendredi soir, veille des retrouvailles avec cette femme, les vagues de mes tourments se déchaînèrent. Allongé sur mon lit, mon esprit ne pouvait s'empêcher d'imaginer des scénarios où je me retrouverais seul, pire, que je ne retrouverais l'alchimie qui nous avait liés la semaine passée.

Dès le réveil, mes pensées convergèrent vers cette femme. Les doutes de la veille persistaient mais s'estompèrent à mon premier pas sous le soleil. Près d'une heure de musique m'attendait pour me rendre au Musée Rodin, durant laquelle je me distrayais grâce à mon téléphone, ce qui me rappelait le besoin d'obtenir un contact avec celle que j'allais revoir. Tout dans cette journée ressemblait aux précédentes fois lorsque je me rendais seul dans un musée, à la différence qu'il y avait cette personne spéciale que j'espérais retrouver.

Empruntant le métro, j'arrivai à la station Varenne où des statues érigées à l'intérieur me confirmèrent que j'étais sur le bon chemin. Une fois sorti, je pris mon portable pour me guider jusqu'au musée. J'arriverais avec une dizaine de minutes d'avance. Après un tournant à gauche, je repérai au loin des pancartes sur lesquelles étaient inscrites le nom du musée. Plusieurs personnes étaient en train de passer ses portes et je les regardais, avec l'espoir d'y voir le visage qui avait occupé mes esprits ces sept derniers jours.

Je franchis à mon tour le portail, arrivant sur une place devant laquelle se dressait un hôtel et son jardin. Un ruban avait été étendu pour bloquer le passage des visiteurs afin de les contraindre à passer par une salle aménagée pour commencer leur visite. Je décidai de m'installer près de ce ruban et de détourner mon attente vers les éléments du lieu qui m'étaient permis de voir. Toutefois je le sentais, les minutes d'avance diminuaient, le moment où elle devait arriver approchait. Je me retrouvai à vérifier l'heure qu'il était pour constater à plusieurs reprises qu'elle n'avait pas changée. Je décidais alors de me retourner vers les portes du site afin de garder un œil sur les visiteurs qui entraient. Mon cœur se mit à battre au rythme de ces personnes, s'accélérant lorsque l'une d'elle ressemblait à celle que j'attendais. Mon esprit ne pouvait tenir en place et commença à s'imaginer des scènes, notamment celle où nos regards se retrouveraient. Je réfléchissais aux façons les plus subtiles d'entamer la conversation, aux rebondissements que je pourrais avoir à ses paroles, aux divers sujets pour briser les silences. Je me perdais dans ces pensées, au point d'en occulter le flot de personnes qui étaient entré.

La peur que mon inconnue soit passée sans m'avoir remarqué s'éveilla. Nous nous étions donné rendez-vous à ce musée, mais n'avions précisé l'emplacement de nos retrouvailles. Par cette simple imprécision, mon impuissance se révéla. La chercher ou bien rester ? Je déplorais n'avoir aucun moyen pour la contacter, ce qui me rappela mon téléphone et le temps écoulé depuis ma dernière vérification. Je le sortis pour regarder l'heure et lorsque la lumière du portable s'alluma, j'aperçus du coin de l'œil une personne dont la démarche s'arrêta devant moi. Je relevai ma tête sans avoir noté l'heure qu'il était, me retrouvant face au visage radieux de cette femme.

— Je suis contente de vous voir, s'exclama-t-elle. Je ne vous cache pas le fait que j'avais peur de manquer ce rendez-vous !
— Il aurait été plus simple que nous partagions nos coordonnées pour que ce doute ne survienne plus, lui répondis-je d'un ton qui mêlait soulagement et fermeté.
— Il ne s'agit pourtant que d'une adresse, d'une date et d'une heure à retenir ! Est-ce trop d'éléments à retenir pour vous ? dit-elle empreinte de l'humour que je lui connaissais.
— Cela m'est aussi difficile à retenir qu'il est pour vous de me dire votre nom, que je porte une importance à connaître d'ici la fin de notre journée !

Je retrouvais son rire délicat, avant qu'elle ne s'avance à mes côtés pour regarder l'hôtel qui se trouvait derrière moi. Je me tenais à sa droite, une situation semblable à celle devant La

Chambre. Était-ce le rayonnement du soleil qui la sublimait ? Car sous ses lumières, son visage semblait étinceler, chaque scintillement me captivant comme si je la découvrais pour la première fois.

— Ce musée présente la particularité d'avoir une exposition à l'intérieur de cet hôtel et une autre dans son jardin, continuais-je avec l'un des sujets de conversation que j'avais pensé.
— Vous semblez bien informé. Êtes-vous déjà venu ici ?
— Du tout, c'est bien ma première fois que je me trouve dans ce lieu. Il s'agit là uniquement d'informations que j'ai pu lire sur internet.
— Je me suis justement privée de toutes recherches sur le musée pour me réserver la surprise de la découverte. Et d'après ce que je vois, je puis vous dire que votre choix est très pertinent !
— Etant donné que je suis celui qui a décidé de ce musée, il revient à vous de décider par où nous commencerons, l'hôtel ou le jardin ?
— Si vous me laissez l'honneur du choix, j'aimerais que l'on commence notre visite par une balade dans le jardin.
— Alors il en sera ainsi ! Après vous ! lui dis-je en ouvrant la porte qui menait à la salle aménagée.

2

A l'intérieur, plusieurs visiteurs achetaient leurs billets pour accéder au musée. Après que nous eûmes obtenu les nôtres, nous sortîmes par une porte et nous retrouvâmes face à l'hôtel dont les dimensions paraissaient plus imposantes. Les allées qui y menaient étaient décorées de part et d'autre de fleurs dont chacune se distinguait par la forme de ses pétales ou sa couleur. En outre, l'alternance de leur disposition, certaines au sol et d'autres en hauteur, révélait une minutie dans l'arrangement du jardin, et qui se constatait par les énormes buissons taillés selon les formes d'un triangle.

J'admirais cette composition tandis que mon accompagnatrice s'était arrêtée devant les fleurs. A chacune de ses inspirations, ses yeux s'écarquillèrent, surprise par les senteurs qui s'en dégageaient. Elle s'apprêtait à en découvrir une nouvelle mais son mouvement s'arrêta. Le regard porté droit devant, elle se redressa, se figea. Intrigué par ce changement, je me rapprochai d'elle. Arrivé à ses côtés, en suivant son regard, je remarquai que cette place, celle où cette femme se tenait, offrait une vue magistrale sur la sculpture du Penseur.

Je compris la raison de son arrêt et décidai de laisser cette femme libre à ses réflexions. J'empruntais un chemin pour me rendre au pied de l'œuvre, remarquant que d'autres fleurs ravissaient le passage en donnant l'impression d'avancer vers un être fantastique. Je pris le temps de les sentir, de m'enivrer de l'odeur délicate de certaines qui contrastait avec d'autres qui ne dégageaient rien. Mais leur simple présence par leur teinte resplendissante suffisait à embellir la statue qui se trouvait au bout du chemin.

Trônant au centre d'un espace entouré par de grands buissons, je remarquai que plusieurs chemins avaient été créés pour mener à l'œuvre. Je me mis ensuite à la regarder, avec admiration, cette sculpture d'un homme sur son piédestal qui me regardait de haut, mais dont l'absence de lumière dans ses yeux me laissait supposer de tristes pensées. Pourtant, sa physionomie aux muscles apparents dégageait une force, une stabilité qui se reflétait dans sa pose. Cette immobilité, comme si rien ne pouvait sortir cet homme de ses songes, me rappela cette femme, ce mystère que je venais de retrouver et que j'avais quitté pour me retrouver là. Je me retournai pour la revoir mais constatai qu'elle ne s'y trouvait plus.

Je regardais dans toutes les directions mais les buissons qui entouraient le Penseur réduisaient ma vision. Je fis demi-tour, revenant à la place où je l'avais quittée. Je retrouvai la vue sur la sculpture que je regrettais d'être allé voir. Cette femme aussi, avait certainement voulu la voir de plus près. Je parcourus chaque chemin qui y menait. Pourquoi les buissons avaient-ils été taillés si haut ? Je m'arrêtai devant l'homme assis. S'il y avait bien un endroit où nous pourrions nous retrouver, c'était là. Je fis son tour, observai les passages, répétai ces gestes. Chaque cercle complété me submergeait plus profondément de mon impuissance. Je n'avais aucun moyen de savoir où elle était. Je ne connaissais même pas son nom pour pouvoir le crier. Je commençai à douter de la présence de cette femme dans le musée et me dirigeai vers la sortie pour espérer la rattraper.

Est-ce que tout va bien ?

Cette voix parvenue derrière moi m'arrêta. Je me retournai et vis mon inconnue. Ses yeux qui constataient mes craintes, transformèrent l'ensemble de ses traits pour exprimer la compassion :

— Vous me semblez troublé, reprit-elle doucement.
— Je craignais de vous avoir perdue, lui répondis-je soulagé de la revoir. Ne serait-il pas préférable que nous échangions des coordonnées pour nous assurer de nous retrouver ? J'aimerais éviter de revivre cet incident.

A l'écoute de mes mots, l'expression de cette femme se maintint, bien que j'eusse perçu dans son regard l'iris d'une culpabilité. Dans son silence, elle se tourna vers des fleurs qui ornaient l'allée et sentit l'une d'entre elles.

— Vous souvenez-vous de notre discussion à propos du destin qui lie deux personnes ? me demanda-t-elle en caressant ses pétales.

Ces paroles me rappelèrent notre conversation. Toutefois, je manquais de lui répondre, ne comprenant pas le lien avec la situation. Elle reporta son regard sur moi avant de poursuivre : Ce que je souhaite vous dire, c'est que si nous venions à nous perdre de vue dans ce jardin au point de ne plus jamais nous retrouver, cela devait signifier que notre histoire était destinée à trouver sa fin, à cet instant, à cet endroit.

— Comment pouvez-vous être certaine que ce n'est pas le destin qui nous met à l'épreuve ? Qu'il n'a pas orchestré notre éclipse afin d'exposer nos volontés ?
— Il existe des signes qui ne trompent pas.
— Mais il est dans l'habitude de l'homme de prêter davantage attention aux mauvais qu'aux bons.

L'un en face de l'autre, nous nous arrêtâmes de parler. Dans ce silence, comme si les vaisseaux sanguins depuis mon cœur s'étaient bloqués, je sentis un nœud se former dans ma poitrine. Car par sa réponse, je comprenais que l'attache que je ressentais pour elle était différente de celle qu'elle ressentait pour moi.

— Vous avez votre façon de voir les choses et j'ai la mienne, repris-je. Je ne sais de quelle manière notre histoire évoluera et je me dois d'être honnête, votre présence me procure autant de bien qu'elle ne me cause de maux. S'agit-il du revers que l'on doit endurer lorsqu'on se lie à quelqu'un ? Mais rassurez-vous, je n'ai aucune attente envers vous, ou peut-être une, une seule. Celle d'écouter votre cœur et non pas les signes que vous remarquerez. Ce que je souhaite vous dire, c'est que même si tout l'univers conspirait à m'éloigner de vous, que ma propre destinée voudrait me tirer de la vôtre, aussi longtemps que vous m'accepterez, aussi longtemps que vous le voudrez, je resterais à vos côtés. Si je venais à vous perdre du regard, je sillonnerais le jardin, l'hôtel et les environs pour vous retrouver. Si les routes pour vous atteindre se trouveraient bloquer, je courrais et braverais les distances pour vous retrouver. Si aujourd'hui vous aviez pris plus de temps pour arriver, sachez que je vous aurais attendu, durant un temps suffisant pour m'assurer qu'il était de votre unique volonté de ne pas venir.

Elle m'écouta avec un regard qui semblait m'ausculter. Elle se pencha sur une autre fleur et la sentit. Tandis qu'elle caressait ses pétales, ses yeux se teintèrent d'une nostalgie. Elle me répondit avec un subtil sourire dans sa voix :

— Il existe des signes qui ne trompent pas.

L'atmosphère pesante de ces derniers instants semblait s'envoler avec ces mots. Nous continuâmes notre visite, nous baladant dans le jardin où plusieurs sculptures décoraient notre chemin. La verdure qui les entourait, donnait l'impression d'observer des personnes d'antan figées par le regard de Méduse, et qui demeureraient ici pour l'éternité.

3

Notre balade nous mena au fond du jardin. Là-bas, une sculpture trônait au centre d'un bassin d'eau. Plusieurs autres entouraient ce dernier, près desquelles se trouvaient des bancs qui invitaient les visiteurs à s'arrêter pour apprécier leur voyage. Voulant me reposer en profitant de cette vue, je m'installais sur l'un des bancs ombragés par des arbres et contemplais la diversité des personnes autour de moi. Certaines semblaient habituées à ce lieu, dégageant une aisance dans leur posture qui s'harmonisait à l'atmosphère apaisante du cadre. D'autres, au regard virevoltant dans les recoins du jardin, me donnaient l'impression de me voir à travers eux. Puis, il y avait ces personnes, celles émanant une lueur de gêne et de frénésie, qui semblaient avoir profité du romantisme du décor pour s'être retrouvées. Dans leurs expressions et ce qui s'en dégageait, je pouvais y lire un manque d'assurance qui ne rendait que plus touchant l'image que je me faisais d'eux.

Après un moment, mon inconnue se joignit à moi. Elle s'assis et admira les lieux qui étaient sublimés par les rayons du soleil à ce moment de la journée :

— A l'évocation du nom du musée, me dit-elle, jamais je n'aurais pu m'attendre à cette tranquillité. Il y a un charme apaisant qui émane du jardin, où l'on entend la nature prendre vie, auquel se mélangent les murmures des visiteurs. C'est un véritable havre au cœur de Paris, loin du bruit de la circulation et du stress quotidien. Votre choix était parfait et je vous suis reconnaissante de m'avoir permis de le découvrir.
— Je suis moi aussi surpris par la beauté de notre promenade et j'éprouve une certaine impatience à découvrir ce que l'autre partie du jardin nous réserve. Mais rien ne presse. S'asseoir au milieu de ce cadre singulier est en soi une reposante manière de visiter le musée.
— Si cela ne vous dérange pas, j'aimerais qu'on s'y accorde encore quelques minutes. L'air est rafraîchissant à l'ombre.

Nous restâmes quelques minutes, tous deux silencieux. Contrairement aux autres fois où ce silence me pesait, cette quiétude ne me dérangeait pas. Je ne cherchais pas à la briser et laissais même les différents sons ambiants l'enchanter. C'est alors que cette femme se leva, épousseta l'arrière de sa tenue et me demanda :

Êtes-vous prêt à poursuivre ? me dit-elle avec un sourire et un entrain que je ne pus contredire.

4

Nous reprîmes notre balade et arrivâmes sur une allée couverte par des arbres qui s'élançaient jusque dans le ciel. Quelques rayons parvenaient à éclairer le chemin et les sculptures qui le décoraient. L'une à gauche, la suivante à droite, nous passions devant elles en prenant le temps de lire les descriptions de chacune. A l'instar des tableaux du Musée d'Orsay, ces statues firent naître des discussions que je tentais cette fois de transformer en des monologues de mon inconnue.

Nous atteignîmes la dernière partie du jardin, du côté gauche de l'entrée, à l'opposé de là où se trouvait la sculpture du Penseur. Au loin se dressait une sculpture dont la hauteur qui défiait les arbres du jardin la distinguait de toutes les autres. Il s'agissait de La Porte de l'Enfer, et tandis que je restais à une certaine distance de l'œuvre, mon inconnue s'en approcha jusqu'à ses pieds, l'observant avec une attention qui me rappela la scène sur la Terrasse des sculptures. Je me dirigeai vers des fleurs qui ornaient la fin du jardin, les sentant une à une tout en gardant un œil sur cette femme qui ne bougeait plus.

De là où j'étais, j'observais plusieurs visiteurs prendre des photos de l'immense œuvre, ce qui me donna l'idée d'en capturer une de mon inconnue, qui existerait alors éternellement dans ma pellicule. Mais quelque chose en moi me retint de le faire, comme si je ressentais au plus profond de moi que cet acte serait étrange, étrange à ce qui créait l'unicité de notre relation. Car ce lien, ne tenait que par la volonté de chacun de partager de nouveaux instants, et qui romprait dès l'instant où cette même volonté disparaîtrait. Ainsi, je gardais mon téléphone dans ma poche, ne souhaitant immortaliser cette femme que par le biais de mes yeux, conscient que seuls mes souvenirs me permettraient de me la remémorer.

Mes pensées parvinrent à cette conclusion au moment où elle finit son inspection. Elle me rejoignit et regarda les dernières sculptures qu'elle n'avait pas encore vues. La visite du jardin terminée, nous nous dirigeâmes vers l'entrée de l'hôtel, où nous longeâmes sa façade avant de franchir son seuil. Au premier pas posé à l'intérieur nous nous arrêtâmes, stupéfaits par la beauté qui s'offrait à nous.

Les murs blancs brillaient par la lumière du soleil qui entrait depuis de grandes vitres rectangulaires. Des colonnes habillaient le hall d'une majestuosité, tandis que le sol en damier, alternant sa couleur entre du noir et du blanc, apportait un contraste qui harmonisait l'ensemble. A droite de l'entrée se trouvait un long escalier blanc avec une rambarde noire aux motifs traditionnels, qui m'évoquait les scènes d'un film où une princesse descendrait les marches pour rejoindre son prince attendant en bas. Quelques personnes étaient en train de les gravir pour se diriger vers l'étage supérieur. D'autres s'étaient installées sur les chaises disposées à proximité de l'escalier. Quant à mon esprit, il s'évadait dans l'admiration qu'un tel édifice puisse exister au cœur de Paris, comme s'il avait échappé aux évolutions des époques et aux altérations du temps.

Mes yeux se tournèrent vers la femme qui m'accompagnait. Son regard plein d'admiration traduisait une surprise plus grande que celle qu'elle avait éprouvée durant la visite. Elle parcourait le hall et la voir dans cette salle solennelle me rappela celle où nos deux corps se lièrent pour la première fois. J'imaginais la scène, une réminiscence de notre performance, où je serais celui qui ferais le premier pas. Un pas, un simple élancement de ma jambe qu'elle avait produit une infinité de fois, mais qui resta bloqué en raison de ce qu'elle me ferait atteindre. La réaction des autres visiteurs et la possibilité que mon inconnue me refuse me firent ajourner ce désir et d'attendre une occasion où nous ne serions pas dérangés. A cet instant, mon inconnue se retourna vers moi et m'adressa un regard qui me fit comprendre qu'elle souhaitait débuter la visite de l'hôtel.

Nous parcourûmes la première partie du musée et poursuivîmes vers la seconde située à l'étage, accessible par l'escalier à l'entrée. Nous montions les marches pendant que mon regard se portait sur de grandes toiles accrochées aux murs. Leurs tons sombres faisaient ressortir une silhouette blanche, rappelant le contraste de couleur du sol en damier.

Nous arrivâmes en haut des escaliers et entrâmes dans la première pièce. Aux premiers pas, mes yeux furent attirés par une sculpture placée au centre dont l'éclat de sa blancheur se démarquait des autres que j'avais pu voir. Je m'approchai d'elle, remarquant qu'elle représentait deux mains qui s'enveloppaient. Deux mains droites qui laissèrent comprendre que chacune appartenait à une personne différente. Elle s'enveloppaient mais sans se toucher. Ce minuscule espace qui séparait leurs doigts et qui les empêchait à tout jamais de s'atteindre. Intrigué par cette sculpture, j'invitai mon inconnue à me rejoindre afin d'échanger sur ce que nous pouvait nous évoquer ces mains et ce vide laissé entre ces doigts. Tandis que mon inconnue continuait à me dévoiler ses pensées, je la vis reproduire la statue de ses mains, mais avec une difficulté de la représenter fidèlement. Pour l'aider dans son mimétisme, je me rapprochai d'elle et levai ma main à hauteur de la sienne. Dans un silence où aucun autre visiteur ne se faisait entendre, nos mains s'enroulèrent puis s'arrêtèrent pour ne laisser qu'un léger vide les séparer. Nos doigts et nos paumes se regardèrent, chacun faisant face à son homologue comme deux danseurs qui attendraient la première note pour se confondre. Dans cette immobilité, je pris conscience de la proximité de nos mains. Une tension commença alors à m'envahir, à dérégler ma respiration. Mes yeux ne parvenaient à quitter ce vide qui les séparait. Nous restions immobiles durant des secondes jusqu'à ce que mes mouvements perdent en stabilité. L'espace qui séparait nos doigts diminua avant de disparaître.

Par ces doigts qui se touchaient, nos âmes semblaient se rencontrer. Car bien que notre danse au musée d'Orsay me fit sentir la douceur de sa main, la sensation à la fois exaltante et intimidante que je ressentis depuis le bout de mes doigts me parût d'une nouvelle intensité. Je n'avais que le souhait de refermer ma main sur la sienne mais la crainte de sa réaction m'en empêcha. Mon regard était porté sur nos doigts qui se touchaient, et lors d'un nouveau battement de mes paupières, je décidai de les rouvrir, non pas sur le toucher qui nous unissait, mais sur les yeux de cette femme, remarquant qu'ils me regardaient. D'un mouvement commun, nous retirâmes nos mains et nos corps. Chacun tentait de dissimuler son embarras en portant son attention sur une autre œuvre. Je trouvai l'aide auprès de la description de cette sculpture aux deux mains droites qui me révéla qu'elle s'appelait : La Cathédrale. Mais ce n'est que plus tard que je pris connaissance du nom dont elle était premièrement intitulée : L'Arche d'Alliance.

5

Nous quittâmes la pièce dans une gêne qui s'était répandue dans l'atmosphère. Il ne restait que quelques salles avant que la visite ne se termine, mais mon esprit ne cessait de revenir à cet instant où nos doigts s'étaient unis. Nous entrâmes dans une nouvelle pièce et aperçûmes des peintures de Van Gogh qui nous surprirent. Comme si nous retrouvions notre aise à la vue de ces tableaux, nos discussions reprirent de plus belles, se poursuivant jusqu'au terme de la visite. Nous descendîmes les escaliers et remarquâmes que la lumière qui s'était dotée de nouvelles teintes, illuminait le hall en le parant d'une luisance qui donnait l'impression d'arriver dans une nouvelle salle. Nous sortîmes de l'hôtel et perçûmes que cet éclat s'étendait sur le jardin, ce qui nous incita à en refaire le tour. Un dernier, durant lequel je cherchais à éterniser nos pas, notre parcours et nos échanges. Mais inévitablement, nous retrouvâmes les portes de la salle aménagée.

Nous entrâmes, la traversâmes, et prîmes une sortie qui nous mena à l'extérieur du musée. Bien que notre discussion se poursuivait, l'anxiété causée par ce que j'appréhendais me submergea et me sortit de l'échange. Les souvenirs des derniers instants sous l'auvent surgirent. L'incertitude me rongea. Mes pas s'arrêtèrent. Il fallait que mon esprit se libère et seule cette femme pouvait le faire :

— Seriez-vous intéressé par un autre rendez-vous ? lui demandai-je subitement.
— Je n'en ai aucune idée, me répondit-elle. Le soleil brille dans le ciel, les brises sont délicates, et j'ai surtout envie de vous emmener autre part. À moins que vous ne soyez contraint de rentrer ?

A cette proposition, je ne pus lui adresser qu'un mouvement de tête en guise d'acquiescement, avant de l'approuver par quelques mots que j'eus oublié. Nous reprîmes notre marche. Je sentais dans chacun de mes pas à ses côtés que je brûlais d'euphorie. Un enthousiasme exalté par l'idée que cette inconnue avait prévu la suite de cette journée, et qui me laissait imaginer qu'en vérité, cette femme ressentait un intérêt pour moi.

— Où m'emmenez-vous ? lui demandai-je une fois ma fièvre apaisée.
— Un peu de patience, vous le découvrirez bien assez tôt ! répondit-elle avec son espièglerie que je retrouvais.

Nous nous éloignions du musée qui disparut dès le premier virage à droite. Durant le trajet, nous parlions de divers sujets comme le décor qui nous entourait, la circulation dans la capitale, la vie que nous pourrions mener au milieu de cette élégance et de cette frénésie. A mesure que nous marchions, l'impatience de découvrir notre destination s'éveillait. Je lui posais des questions pour tenter de la deviner, auxquelles elle répondait avec une ambiguïté qui n'avait que pour conséquence de m'intriguer davantage.

Ce mystère dans ses réponses était quelque chose que j'avais appris à respecter. Cette part de secret qu'elle s'efforçait de ne pas dévoiler, tel que son nom, que je m'abstins d'insister de connaître au risque de l'offenser. Je connaissais son amour pour les fleurs qu'elle prenait le soin de toutes les sentir. Son admiration pour des détails qui pouvaient paraître futiles comme le déversement de la pluie ou le visage de rencontres fortuites. Et que dire de ses instants de folie, durant lesquels le monde devenait le théâtre et les témoins de ses envies.

6

Cela faisait près de vingt minutes que nous marchions sans que je sache vers quelle direction nous nous dirigions. Mais cette promenade aurait pu n'avoir de fin, tant la présence de cette femme à mes côtés était la seule chose qui m'importait.

Nous finîmes par arriver aux abords d'un jardin, celui du Luxembourg. Nous passâmes à travers les grilles laissées grandes ouvertes et marchâmes sur une grande allée, certainement la principale du site. Mon regard se portait autour de nous, sur des individus seuls qui lisaient un livre, des groupes d'amis qui se racontaient leur vie, des personnes qui couraient ou d'autres plus immobiles. Puis, les pas de mon inconnue se ralentirent. Ils s'arrêtèrent sur la place centrale du jardin où l'effervescence de vie semblait être à son apogée.

— C'est ici que vous souhaitiez m'emmener ?
— C'est bien là oui.
— Pourquoi le Jardin du Luxembourg ?
— Parce qu'il s'agit de mon lieu préféré dans Paris. J'aime me promener dans ses allées et observer les personnes qui, elles aussi, ont choisi de s'aventurer au cœur de cette nature. Chaque journée, changeante au fil du temps et des saisons, rend chacune de mes visites uniques, peu importe le nombre de fois où je

suis venue. Les fleurs et les arbres qui s'épanouissent selon les mois, offrent une palette de représentations de ce lieu, créant dans mon esprit une peinture résultant de ce que je perçois.

En l'écoutant, je m'efforçais d'observer l'environnement avec la même attention qu'elle le décrivait. Au milieu de cette place se trouvait une fontaine qui accueillait des bateaux radiocommandés par quelques enfants. Des lignes et des courbes se traçaient sur la surface de ce lac délimité. Autour, des chaises vertes avaient été placées, et la majorité, environ une vingtaine, étaient occupées par des visiteurs. Je pensais que nous allions aussi nous asseoir, mais après nous être accordés un temps pour admirer la place, mon inconnue reprit sa marche et s'éloigna de ce monde.

Je la suivis bien qu'étonné, et ensemble, nous traversâmes un vaste espace d'où émanait une délicate odeur des échoppes vendant des en-cas. Devant nous se dévoilait une allée d'herbe verdoyante sur laquelle plusieurs personnes s'étaient assises. Les alignements d'arbres sur les côtés conféraient à ce chemin une beauté enchanteresse où le regard se voit attirer par un autre jardin situé à l'horizon. Nous marchions le long de cette allée jusqu'à ce que mon inconnue s'arrête sur une place libre et s'assit sur l'herbe. Je m'installai à ses côtés, ressentant la douceur de cette verdure sous mes doigts qui m'incitait à la caresser.

Je découvrais pour la première fois ce jardin. Ses sons ainsi que ses couleurs, j'étais surtout émerveillé par la vitalité qui se dégageait des personnes qui l'animaient comme si chacune d'elles s'était déchargée de ses problèmes à l'entrée, pour ne laisser que la tranquillité du lieu les combler.

— C'est un lieu bien apaisant où nous nous trouvons, commentais-je en contemplant le décor. La vue qu'elle nous offre est splendide, à la fois sur ce qui semble être un autre jardin derrière nous, et sur la place principale avec la fontaine devant nous. Comme vous l'aviez dit, ces nuages dans ce ciel bleu, le florissement de cette nature, toutes ces vies réunies ici donnent l'impression d'observer une véritable œuvre picturale.

— Il m'est déjà arrivé de venir ici avec de quoi reproduire l'essence de cet endroit.

— Il serait un véritable honneur pour moi d'avoir la chance d'admirer l'une de vos créations !

Ses yeux s'écarquillèrent à l'entente de ce que je venais de dire. L'instant suivant, ils se perdirent dans des scénarios qu'elle seule pouvait voir. Son habileté à s'évader dans ses pensées continua de m'amuser, car à l'opposé du mystère qui entourait ses paroles, son visage trahissait ses véritables sentiments.

— Evitons une telle tragédie je vous prie ! répliqua-t-elle d'un ton amusé. Il serait embarrassant pour moi de vous présenter mes créations après que nous ayons admiré de si belles ensemble.

— Ne minimisez pas votre talent ! Il y aura toujours une personne pour critiquer ce que vous faites. Il est juste essentiel de ne pas être son propre pire juge. D'ailleurs, le simple fait que vos dessins proviennent de vous leur apporte une unicité que nul autre ne pourra reproduire.

— Vous êtes bien aimable, mais ce simple désir ne suffit pas à produire un résultat comparable à celui des maîtres de l'art.

— Ceux-là ont conquis l'œil des plus grands critiques en la matière, et je vous assure que le mien est bien différent des leurs. Ne vous souvenez-vous pas des critiques que je portais sur les tableaux que nous avons vus ?

— Alors, peut-être qu'un jour je vous en montrerai ! De toute manière, je n'en ai aucun sous la main.

Le ciel qui avait assisté à notre échange, l'interrompit par sa pluie qui commença à se déverser sur le jardin. Sentant les premières gouttes sur ma main, ce n'est qu'à cet instant que je remarquai les éclaircis disparus et le gris qui nous surplombait. Le monde qui nous entourait commença à se lever et à quitter la place, créant un mouvement de foule où tous se dirigeaient vers les sorties. De mon côté, je cherchai un abri du regard, retrouvant les lignées d'arbres dont le feuillage semblait pouvoir nous protéger. La pluie s'intensifia. Je me levai, sentant que l'eau commençait à pénétrer mes vêtements. Pour m'assurer que mon inconnue me suive vers cet abri, je me tournai vers elle mais la vis assise, le regard dirigé vers la place centrale du jardin où la pluie ne tarderait à faire déborder l'eau de la fontaine.

Allons-nous abriter, lui dis-je en retirant ma veste pour nous protéger de l'averse.

Elle tourna son regard vers moi avant de le reporter sur la place, gardant une détermination dans ses yeux que je ne parvins à comprendre. Sous l'averse qui gagnait en intensité, je décidai de la relever, pensant que pour une certaine raison son corps s'était figé. J'abritai nos têtes sous ma veste, la maintenant d'une main tandis que l'autre entourait la taille de mon inconnue pour la supporter. Nous avançâmes vers l'abri que j'avais repéré, mais au moment où nous allions être protégés, je sentis sa main attraper la mienne. Mon inconnue quitta la protection de ma veste pour se redécouvrir sous la pluie. Elle tira ma main qui entraîna tout mon corps vers elle puis se mit à courir. Nos mains liées, je la suivais sans chercher à comprendre ses raisons. Nous nous arrêtâmes sur la place centrale vidée de toute autre présence.

Ne devrions-nous pas trouver un endroit pour nous abriter ? criais-je pour me faire entendre dans ce déluge.

Mais elle ne me répondit pas. Je continuais de chercher un abri que nous pouvions rejoindre, occultant que sa main venait de lâcher la mienne.

Là-bas ! La devanture des échoppes pourrait nous protéger de la pluie, criais-je de nouveau. En vain. Je décidai donc de me rapprocher d'elle afin qu'elle puisse m'entendre. Mes yeux se tournèrent vers cette femme et la virent se tenir à cinq ou six pas de moi. Je m'apprêtais à la rejoindre, mais elle effectua une révérence qui m'arrêta. Ce mouvement qui faisait écho à ce qui s'était passé au musée d'Orsay, me fit comprendre ce que cette femme voulait. Sous ce déluge que le monde avait décidé de fuir, mon inconnue avait choisi de s'en emparer.

7

Immobile, les gouttes de pluie coulaient depuis mes cheveux. Elle, resta aussi figée, et certainement car je ne lui avais pas répondu, elle répéta son geste en se courbant une nouvelle fois. A la vue de cette scène je le compris. Le soleil ou la pluie, la douceur ou la fraicheur, la brulure ou l'inondation, aucun temps ne pouvait me séparer de cette femme, aucun temps ne pouvait prévaloir à celui qu'il faisait auprès de cette femme. A mon tour je la saluai. Puis, de concerts, nous nous approchâmes de l'autre. Arrivés à position, mes mains se levèrent aux mêmes hauteurs, chacune retrouvant sa partenaire. Elle m'adressa un mouvement de tête que je répondis par un sourire. Notre danse démarra sous le signe du déluge.

Au milieu de cette place, nos premiers pas mesurés se muèrent en une cacophonie où nous étions à notre aise. Le bruit de la pluie se mêlait aux fracas de nos pas sur les flaques dont les éclaboussures me parvenaient jusqu'au visage. Le rire de ma partenaire s'élevait dans ce tumulte tandis que ses larmes se joignaient aux gouttes de pluie qui chutaient sur le sol. Notre prestation, semblable à la précédente, était transformée par son nouveau théâtre, ses nouveaux spectateurs, et la disparition de toute limite de temps, si ce n'était peut-être la pluie qui par un heureux sort, continua de s'abattre sur nous.

Lorsqu'elle s'arrêta, comme si nous ne pouvions continuer sans elle, que par sa disparition nos corps en avaient perdu la capacité de bouger, nous finîmes par nous lâcher et nous écrouler sur le sol. Je m'approchai de cette femme, m'étendant sur le sol aux pierres incommodes. Nous observions les derniers nuages gris voguer sur le nouveau fond bleu, le temps que chacun puisse reprendre son souffle. Après quelques minutes, nous nous relevâmes et constatâmes la détresse de nos vêtements. La sensation désagréable qu'elle me procurait s'éveilla, m'incitant à en essorer le maximum. Je vis cette femme reproduire ces gestes, et lorsque nous pensions qu'il n'était plus possible d'en retirer une goutte de plus, nous décidâmes de quitter le jardin.

Sur le chemin vers la sortie, nous croisions un nouveau flot de personnes revenir dans le jardin, dont le regard porté sur nous et notre apparence me procurait un certain agrément. Mais cet amusement stoppa lorsque je me rappelai que le moment de me séparer de cette femme était arrivé. Quelques dizaines de mètres nous séparaient des grilles, ne me laissant que ce laps de temps pour décider d'une tournure de phrase afin de lui proposer une nouvelle sortie. J'anticipais ses réponses, réfléchissais aux miennes pour la convaincre. Mais nous franchîmes les portes si rapidement que tout dans ma tête s'emmêla. Ma démarche se ralentit, de même que pour la sienne. Je m'arrêtais en premier :

— Êtes-vous libre samedi prochain ?
— Que souhaitez-vous faire ?
— Vous m'avez montré ce lieu qui vous tiens à cœur. J'aimerais vous partager celui qui apaise le mien.
— C'est avec joie que je m'y rendrais.

L'inattendu de cette réponse me médusa. L'étonnement sur mon visage laissa immiscer un sourire que je tentais de masquer. Je cherchais dans mes poches un moyen de lui noter l'adresse mais remarquai que les quelques papiers que j'avais sur moi étaient trempés.

— Dites-le-moi et je tâcherai de m'en souvenir ! dit-elle après avoir vu l'état de mes feuilles. Après tout, c'est ainsi que nous avions fait la dernière fois !
— Retrouvons-nous à vingt heures à la gare de ... Je vous attendrai à l'extérieur de la première sortie et me tiendrai sur la droite.
— Est-ce à cet endroit que vous souhaitez m'emmener ? me demanda-t-elle, intriguée par adresse.
— Non je vous rassure. Une fois que nous serons réunis, je vous emmènerai à l'endroit de mes pensées. A cette heure de la journée, la chaleur sera retombée mais le soleil sera encore dominant pour éclairer ce que j'aimerais vous montrer.
— Et si la pluie s'invitait à notre rendez-vous ?
— Pourquoi cette question ? La pluie vous dérange-t-elle ?
— Je pense que vous connaissez la réponse ! Je veux juste m'assurer que rien ne pourra venir entacher cette journée.
— L'atmosphère en sera bien évidemment transformée, mais à l'image de notre journée, il ne tiendra qu'à nous de laisser cette pluie nous déranger.

Notre échange se termina par ces mots. Un léger sourire ornait son visage tandis qu'elle se courbait pour faire sa révérence. Cette fois, mes yeux restèrent posés sur elle quand je lui répondis. Sans un mot, nous nous séparâmes, elle partant d'un côté, moi de l'autre.

QUATRIÈME PARTIE

1

Sept nouveaux jours me séparaient de cette femme, chacun attisant en moi l'impatience de la revoir dans cet endroit où je me sentais si bien. Ce lieu que j'avais découvert il y a quelques semaines suite à un débordement de mes pensées. Ce refuge dont je tenais à préserver le secret, mais que je m'apprêtais à briser par la présence et le souvenir de mon inconnue.

Tout au long des sept jours, je réfléchissais aux moyens de marquer nos retrouvailles. Quelque chose qui à l'instar de notre danse durant les dernières minutes d'ouverture du musée et de celle sous la pluie de Paris, créerait un souvenir qui s'imprimerait parmi les plus belles toiles de ma galerie. C'est en me remémorant une de ces sorties, celle où nous étions assis sur l'allée d'herbe au Jardin du Luxembourg, lorsqu'elle me fit part des toiles qu'elle peignait en observant les lieux que l'idée me vint. La symbolique de cet acte rappelait notre rencontre. Je nous imaginais, chacun créant son tableau comme Van Gogh l'avait fait auparavant et dont le résultat permit à mon inconnue et moi de nous trouver.

C'était le mercredi matin que cette idée me traversa. Lorsque l'après-midi débuta, je me rendis dans une galerie marchande située dans le centre-ville pour me procurer le matériel nécessaire à ces créations. Après une dizaine de minutes de marche sous les devantures ombragées, j'arrivai aux portes du centre commercial. J'entrai et me dirigeai vers un magasin d'art.

Mes achats terminés, je quittai la boutique en rangeant dans mon sac deux toiles, deux palettes, des crayons, des pinceaux et plusieurs tubes de peinture de différentes couleurs. Je remettais l'anse de mon sac autour de mon cou, remarquant au même moment le monde et les sonorités qui peuplaient le centre. Les visages qui défilaient, présentaient des traits d'allégresse. Une telle sincérité dans ce tumulte, qui me donna l'envie d'y prendre part.

Ainsi, j'entamais une balade qui me fit découvrir une variété d'enseignes. Qu'il s'agisse de boutiques de vêtements, d'appareils électroniques, de cosmétiques ou de livres, j'entrai et fis le tour de chacune d'elles. Mais peu importaient les personnes ou les choses qui se dressaient devant moi, tout semblait se rapporter à cette femme. Mon regard s'offusquait de la réalité au profit de celle dont je rêvais. Sa silhouette, sa présence, nos discussions… de belles illusions qui menaient à un vide, à un déséquilibre émotionnel nouveau pour moi où l'évidence de son absence me transverbérait à chaque fois plus profondément. Face à cela, je ne pouvais que patienter, encore quelques jours, afin de pouvoir ressentir sa véritable présence.

Sur le chemin pour rentrer chez moi, je passais par une rue où chaque habitation possédait sa couleur de volets. Je fis la rencontre d'une fleur qui florissait jusqu'en dehors d'une entrée et qui laissait propager son parfum sur le chemin. Puis, après un tournant à droite, je m'arrêtai devant une dizaine de bouquets de fleurs exposés sur la devanture d'un fleuriste. Je m'approchai pour les contempler, puis franchis le seuil ouvert du magasin. Au premier pas, le mélange des senteurs et des couleurs m'immergea dans cette délicate nature. J'explorai les allées forgées par des étagères sur lesquelles étaient présentées des fleurs, et m'arrêtai devant certaines qui m'intriguaient par leurs détails. Quelques personnes étaient présentes dans la boutique. Similaires par l'expression pensive sur leur visage, chacun semblait avoir à l'esprit cette personne qui était la raison de leur venue. Je terminais mon tour du fleuriste et décidai de partir, convaincu que m'armer d'un bouquet pour nos retrouvailles serait précipité, au vu de l'incertitude des sentiments de cette femme pour moi.

Durant la fin de cette journée et des deux jours qui suivirent, mon esprit ne cessa de remettre en cause ce choix. Il m'arrivait à de nombreuses reprises de sortir pour me rendre à la boutique, puis de rebrousser chemin aussitôt que l'idée me réapparaissait mauvaise.

2

Au matin de nos retrouvailles, les premiers rayons de soleil qui pénétraient dans ma chambre me permirent de me lever tôt. Je restais un temps dans mon lit pour contempler ces lueurs en espérant qu'elles perdurent le reste de la journée. Mais la matinée semblait ne pas vouloir se finir. L'écoulement des poudres dans le sablier du temps semblait s'être ralenti alors que mon impatience liée à ce qui m'attendait, me poussa à prendre l'air pour me détendre.

Je me promenais dans les différents quartiers de ma ville, passant devant l'école dans laquelle j'avais grandi, l'ancien terrain de football devenu des appartements, le centre commercial où je m'étais rendu quelques jours plus tôt, ainsi que la boutique de fleurs devant laquelle je me convainquis une nouvelle fois de ne pas entrer. En cette matinée, l'air était frais, la chaleur de l'été ne s'était pas emparée des lieux. Ces douces brises, qui me laissaient entrevoir des présages de nos retrouvailles.

Je rentrai dans mon appartement et errais dans cet espace. Encore plusieurs heures se trouvaient devant moi. La lecture d'un livre, le visionnage d'une série sur mon ordinateur, se vêtir de la tenue choisie la veille, ranger le matériel pour la soirée dans un sac, regarder le temps qu'il faisait à l'extérieur… rien ne semblait faire avancer le temps. Comme si le diaphragme du sablier s'était bouché, que plus aucune poudre ne pouvait tomber, que mes jambes s'étaient fait arrêter sur le chemin de ma volonté.

Accroché sur un des murs de mon salon, je regardais l'horloge et ses aiguilles. Chaque arrêt à chaque nouvelle seconde paraissait plus long. Il fallait que je continue de m'occuper, de faire quelque chose pour détourner mon attention du temps. Peu importait son utilité tant qu'il me permettait de retrouver l'aiguille entre deux nouveaux nombres. Mes pensées commencèrent elles-aussi à se perdre, se perdre dans les rêves et dans l'imagination d'une multitude de scénarios. Un après-midi qui s'éternisa dans mon abandon vers mon imagination. Puis, après plusieurs heures de vide, il était temps. Enfin, les aiguilles de l'horloge indiquaient qu'il était dix-neuf heures trente.

J'enfilai ma veste, mis mes chaussures et pris mon sac. Dehors, selon ce que j'avais décidé de faire plus tôt, je me rendis à la gare à pied afin de ne pas dépendre des transports qui risqueraient de me mettre en retard. Le soleil, comme je l'avais espéré, continuait de dominer le ciel et de réchauffer l'atmosphère par ses rayons dorés. Sous ces derniers, ma marche se poursuivait jusqu'aux portes de la gare. Je retrouvai sa sortie principale, me plaçai à sa droite, m'adossais sur sa façade. A cet instant, j'entendis un train arriver à quai. Quelques secondes après, les portes de la gare s'ouvrirent.

Une première personne en sortit, une deuxième, puis une foule. Mon attention se porta sur ces individus, avec l'espoir d'y trouver son visage. Mais la foule se dissipa sans que je ne l'aperçoive. Quelques minutes plus tard, une deuxième suivit avec un même résultat. Il était dix-neuf heures cinquante-cinq lorsque le troisième groupe de personnes sortit, sans que je ne la voie. Face à cette absence, je m'évertuais à me rappeler notre dernière rencontre qui, malgré les doutes que j'avais ressentis, s'était bien aboutie par l'arrivée de cette femme. Peut-être s'était-elle perdue à l'intérieur de la gare ? J'entrai, elle ne s'y trouvait pas. Je regardai le panneau d'affichage. Vingt heures, horaire auquel le prochain train devait arriver, ainsi que mon inconnue.

Je ressortis, attendant les cinq minutes à la même place, debout, le dos appuyé contre le mur de la gare. J'attendais dans une nouvelle impuissance. A mesure que les minutes passaient, les battements de mon cœur frappaient plus fort. Un malaise commença à prendre part de moi, à envahir mon corps, à engloutir mon être dans un effroi. Je sortis mon portable pour chercher à m'en libérer lorsque les portes se rouvrirent, laissant éclater un vacarme de pas à l'extérieur.

Je glissai mon portable dans ma poche et détournai mon regard vers les personnes qui passaient les portes. L'une après l'autre, elles sortaient. J'espérais pouvoir déceler la silhouette de mon inconnue, sinon une personne qui s'arrêterait avec l'air de chercher quelqu'un. Après plusieurs secondes, le mouvement se calma. Un silence s'installa sur la place. Les portes s'immobilisèrent. Plus personne ne semblait prête à les perturber, sauf moi. Je décidai de m'en approcher, d'entrer une seconde fois dans la gare. Le prochain train arriverait dans dix minutes.

Je sortis et retrouvai ma place. Mon regard se perdait dans le ciel où le soleil flamboyait. Mon esprit, lui, se perdait dans mes postulats. Je repensais au moment où nous nous étions quittés la dernière fois, lors des derniers instants où je lui fis part de l'adresse et de l'heure de nos retrouvailles, que je craignais de m'être trompé. Ou son trajet ? Depuis un lieu que je ne connaissais pas, et qui pouvait avoir pris plus de temps en raison d'un incident. Ou peut-être était-elle sortie sans que je ne l'aie vue ? Ou bien…

Ces tourments me torturaient l'esprit mais leurs piqûres semblaient s'atténuer au fil des trains qui stationnaient et aux portes qui s'ouvraient sans que mon inconnue n'en sorte. Je saisis une nouvelle fois mon téléphone, voyant qu'il était vingt-et-une heures. Je le rangeai, m'assis, repliai mes genoux contre mon torse que j'entourai par mes bras. Je restais là, seul, immobile parmi ces passages comme si mon cœur devait subir cette attente pour anéantir les espoirs auxquels il se retenait. Je contemplais le ciel peint de rose et de vert. J'étais perdu dans cet horizon lorsque mon inconnue apparut devant moi.

Je pris un temps pour comprendre que c'était elle. Cette femme se baissa, se plaça à ma hauteur et s'excusa avec une hâte que je n'entendais pas. J'étais captivé par une mèche de ses cheveux qui tombait devant son œil et qui ballait sur la piste de sa joue droite. Par un geste de mon index, je lui fis prendre une nouvelle courbure afin qu'elle puisse se reposer sur son oreille. Je portai ensuite mon regard sur ses yeux, sur l'ensemble de son visage, puis sur ses mains que je redécouvrais après sept jours. Je levai les miens pour les saisir et les tins avec le désir de les dérober. Je restais figé dans cette étreinte qui me libérait. Mais lorsque je pris conscience de cette situation, du fait que je tenais ses mains depuis trop longtemps, je les lâchai :

— Veuillez m'excuser pour cet instant, dis-je en reprenant mes esprits. Je ne sais ce qui m'a pris de vous saisir de la sorte.
— Arrêtez cette politesse, je suis la seule personne qui doit s'excuser.

Un nouveau silence s'installa tandis que je me relevai. Je percevais dans ses derniers mots sa culpabilité et par crainte qu'elle prenne mon silence comme une remontrance envers elle, je repris la conversation :

— Pensez-vous toujours que le destin dicte la fin entre deux personnes ?
— Je le pense toujours oui… mais… je dirais aussi qu'il se voit défait par les cœurs les plus purs et les plus ardentes volontés.
— Je vous avais dit la dernière fois que je vous attendrais.
— Et je savais que vous tiendriez parole. Mais mon retard était tel qu'il aurait été normal que vous ne soyez plus là. Je tiens vraiment à m'excuser pour ce surtemps. J'ai rencontré quelques complications durant ma venue.
— Votre présence est tout ce qui m'importe et cela me ravit davantage de savoir que malgré ces contretemps, vous n'avez pas renoncé à nous. Mais comme vous pouvez le voir, le soleil a déjà bien entamé sa descente et j'aimerais vous amener à mon endroit tant qu'il est encore là.
— Prenez le pas et je vous suivrai !

3

Sous le soleil qui se couchait, nous déambulions dans les ruelles de la ville en direction de mon refuge. Après plusieurs minutes, nous nous arrêtâmes à l'embouchure et tandis que je passais mon pied de l'autre côté, je remarquai l'interrogation sur le visage de mon invité. Malgré ses doutes elle me suivit, s'engageant à son tour sur le chemin verdoyant.

Son regard se porta sur l'ensemble des éléments qui l'entouraient. Il observa la hauteur des arbres et la palette de nuances des fleurs, tandis que le mien ne pouvait se détacher de cette femme et de l'émerveillement dessiné sur son visage. Nous arrivâmes au bout du chemin où la lueur de notre destination nous attendait. Je demandai à mon inconnue de fermer les yeux, de me laisser la guider à travers cette lumière, ce qu'elle accepta. Une fois ses yeux clos, je posai ma main sur son dos pour la rassurer de ma présence, et après un pas qui nous fit franchir cette frontière lumineuse, je lui murmurai quelques mots, pour l'inviter à ouvrir ses yeux sur mon paradis.

Ses yeux, grands ouverts, embrassaient l'étendue du champ de fleurs. Les rayons dorés du soleil illuminaient ses pupilles et sa peau, transformant cette femme en une étoile qui irradiait cet environnement. Elle n'avait prononcé le moindre mot. Dans le calme habituel de cet endroit, elle s'approcha du bord du chemin et se pencha pour observer les fleurs. Elle se redressa, porta son regard sur le soleil rouge à l'horizon tandis que je m'approchai d'elle :

— J'avais la même réaction que vous, la première fois que j'ai découvert ce lieu.
— Depuis l'entrée par laquelle nous avons quitté la ville, jamais je n'aurais pu m'imaginer me retrouver dans un tel décor ! Tout est si beau, si calme, si simple. Il n'y a que nous, ces champs de fleurs à perte de vue, et ce soleil qui nous salue au loin. Comment avez-vous découvert cet endroit ?
— Par chance, je vous l'avoue.
— Par chance ? Eh bien, c'est une très belle étoile qui doit veiller sur vous.
— Une très belle étoile en effet.

Après cet échange, je l'invitai à reprendre notre chemin afin de l'emmener à l'endroit où se trouvait l'arbre et le banc. Durant notre promenade, nous laissions le calme du lieu s'installer entre nous, bien que de légères brises qui nous parcouraient ainsi que quelques chants d'oiseaux au-dessus de nous se faisaient entendre.

Nous atteignîmes notre destination où elle fut subjuguée par la grandeur de l'arbre et la beauté de ses fleurs. Je lui proposai de prendre place sur le banc, sur lequel nous observions le soleil qui s'était mis à notre hauteur :

— J'avais découvert cet endroit un jour où je me sentais dépassé par mes émotions, entamai-je. Depuis, ce lieu est devenu mon havre que je retrouve quand j'en ressens le besoin.

— Ce cadre, par son calme et sa beauté, donne l'impression de se libérer de ses problèmes dès lors qu'on y pose le pied. Et en écoutant ce que vous venez de me dire, je suis contente que ce lieu soit proche de vous.

— Il s'agit de mon Jardin du Luxembourg en quelque sorte ! A la différence qu'ici, il n'y a personne. Il faut attendre encore un peu afin que vous puissiez voir les deux seules personnes que j'ai rencontrées, un couple de personnes âgées.

— Cela me semble improbable qu'un tel lieu ne soit connu que par vous ! Mais dans un sens, c'est aussi cette méconnaissance qui le rend si unique. A Paris, j'ai l'impression que l'on pourrait croiser une personne à chacun de ses recoins. Entre ces passants et la circulation, il existe un bruit constant qui semble nous suivre. Cela remonte à un certain temps que je ne m'étais pas retrouvée au milieu d'un calme aussi solitaire. Un silence qui, entouré de ces formes et de ces couleurs, me donne l'impression d'avoir été peinte dans une toile, au cœur de tous ces éléments qui me paraissent irréels.

Par ces paroles, je me rappelai des affaires que j'avais apportées. Je saisis mon sac et sortis une nappe que je déployai sur la largeur du chemin. Je remarquai mon inconnue intriguée par ce que je faisais, ce qui me réjouissait de pouvoir lui retourner le sentiment d'impatience qu'elle m'avait fait ressentir tant de fois. Lorsque la nappe fut étendue, je disposai le matériel pour la confection de nos toiles. Mon inconnue se leva, pris place à mes côtés et s'empara d'une toile, d'une palette et d'un pinceau, puis se figea dans ses réflexions.

— Que comptez-vous dessiner ? demandai-je pour confirmer mes suspicions.
— J'éprouve un certain mal à me décider ! Je me rends compte que le syndrome de la page blanche n'est en vérité que la difficulté de choisir parmi l'infinité qu'il nous est proposé. Et il l'est d'autant plus complexe lorsque tout dans cette infinité semble pertinent... Qu'en-est-il de vous ? Peut-être que votre dessin pourra m'aider.

Je réalisai à ce moment que je n'avais pas réfléchi à cette question, et mon silence le lui fit comprendre.

— Alors je sais ! s'exclama-t-elle, heureuse de son inspiration. Le thème de notre esquisse sera : L'Autre. Vous me dessinerez et je vous dessinerai. Ainsi, il suffira de se laisser guider par la représentation qu'on a de l'autre pour s'affranchir de cette infinité.

— C'est un excellent thème ! acquiesçai-je avec la curiosité de connaître la façon dont elle me percevait.

— Et vous voyez le soleil à l'horizon ? Nous avons jusqu'à son coucher pour achever notre chef d'œuvre !

Le thème et la durée fixés, mon inconnue s'empara d'un pinceau qu'elle trempa dans un verre d'eau que je venais de remplir. Elle ouvrit un tube de peinture rouge, écoula une partie sur sa palette, caressa les poils de son pinceau dessus avant de déposer le mélange sur sa toile. De mon côté, je continuai de réfléchir, soucieux de ne pas créer quelque chose qui pourrait l'offenser.

— Ne vous prenez pas la tête ! m'encouragea-t-elle en traçant la première courbe de sa toile. Quelles pensées vous viennent lorsque vous me voyez ? Ecoutez ce que dit votre cœur, embrassez ce qu'il vous fait ressentir, car il a toujours raison.

En entendant ces mots et la passion avec laquelle elle les prononça, j'arrêtais de remettre en question mes idées. Je fermais les yeux pour faire apparaître ma figuration de cette femme.

Je fus emmené dans un endroit entouré de vents gris apparents, comme si je m'étais retrouvé au cœur d'un nimbus. Sa pluie déferlait cette fois à l'intérieur, inondant le sol, mon corps, puis l'espace tout entier. Incapable de respirer, je nageais pour atteindre la surface mais compris au bout de quelques battements que son atteinte serait impossible. A quoi bon retenir mon souffle si ce n'était que pour prolonger ma souffrance. Alors, j'expirais l'air qu'il me restait, demeurant sans oxygène dans mes poumons. J'attendais l'instant où mon corps me crierait de le faire survivre. J'attendais, sentant que ce moment était imminent. Instinctivement, je reproduisis les gestes pour respirer mais me surpris à pouvoir inhaler de l'air. Dans ce gouffre d'eau elle apparut, avec une grâce qui donnait l'impression qu'elle volait et un éclat qui métamorphosait les environs. L'eau et les vents n'avaient pas disparu, ils étaient simplement devenus insignifiants. Insignifiants face à l'étincelle de cette femme, insignifiants face à la flamme embrasée par cette femme.

Tout me parut évident, le choix des instruments à celui des couleurs et des traits. Je me saisis d'un pinceau, le trempai dans un verre d'eau et dans une peinture rouge, puis le fis tournoyer sur ma toile.

4

Nous dessinions depuis un bon moment lorsque j'entendis des bruits de pas que je reconnus. L'apparence du couple âgé se clarifia au loin et lorsqu'ils arrivèrent à une certaine distance de nous, je remarquai sur leur visage un certain intérêt envers ce que nous faisions ainsi que pour cette femme qu'ils voyaient pour la première fois. Comme à nos habitudes, nous n'échangeâmes que de brèves paroles avant qu'ils ne s'éloignent. Mais durant cet instant, je pus discerner dans leur regard une nostalgie, sûrement liée à des souvenirs qui avaient ressurgis.

— S'agit-il du couple dont vous m'avez parlé plus tôt ? demanda mon inconnue qui s'était tournée vers eux.
— C'est bien eux oui. Je les retrouve à chacune de mes venues, vers cette heure-là de la journée, lorsque le soleil se couche et que la température se rafraîchit. Comme vous avez pu le voir, nous n'échangeons que de succinctes paroles, mais leur sourire et la douceur dans leur voix rendent ces moments agréables.
— Pensez-vous qu'ils ont été à notre place ?
— Vous voulez dire, à cet endroit, assis sur un drap en train de peindre ? Il se peut oui.
— Je le pense aussi.

Nous regardâmes le couple disparaître au loin, puis reprîmes nos créations. De temps à autre, je relevais mes yeux vers cette femme pour me rappeler des sensations que sa vision me suscitait, admirant aussi son regard et son attention être plongés dans les réflexions de sa production. Finalement, ce n'est que lorsque l'obscurité occupa le lieu que nous décidâmes de nous arrêter. Les faibles lueurs apportées par la lune nous incitèrent à garder nos œuvres afin de les échanger et d'en discuter sous de plus claires lumières.

Ma partenaire s'allongea sur la nappe et contemplait la nouvelle peinture noire aux quelques pointes de jaunes. Je pris place à ses côtés, m'allongeant à sa droite, posant ma tête à hauteur de la sienne.

— Je ne pense pas avoir vu de ciel parsemé d'autant d'étoiles, dit-elle le bras et la main levés comme si elle souhaitait en capturer une.
— Il en est de même pour moi... Ici, ces astres semblent se montrer sous leur meilleur jour. Aucune lumière provenant de la ville ne vient perturber leur floraison, et lentement, au fil de nos mots, il continue d'en fleurir des milliers.
— Selon les périodes d'un jour, ce lieu révèle de remarquables ambiances. Bien que je n'aie pas encore vu celle des premières lueurs, je trouve que les dernières se distinguent. Comme s'il fallait attendre

que le soleil se couche pour pouvoir l'éprouver, au point que l'on vienne à souhaiter que cet astre puisse ne jamais revenir.

Je la regardais parler, admirant ses yeux qui, découverts par des éclaircis, semblaient avoir capturé le scintillement des étoiles. Puis, comme si nos cœurs s'étaient eux aussi libérés dans l'obscurité, nos paroles se délièrent. Nous abordions des sujets que nous n'aurions traités dans de simples circonstances, nos souvenirs, nos joies, nos tristesses, nos peurs, j'avais ouvert la porte de mes secrets, celle devant laquelle je préférais m'arrêter dans un mutisme ou dans un mensonge, mais qui par notre discussion, semblait maintenant s'être vidé.

La lune éclairait cette femme, suffisamment pour que je puisse contempler ses détails lorsqu'elle exprimait ses pensées : la gestuelle de ses mains, la danse de ses lèvres, la mélodie de sa voix, douce et fougueuse à la fois, qui berçaient les éléments nous entourant ainsi que mon cœur. J'étais si absorbé par cette personne que j'en oubliais de l'écouter. Et sûrement était-ce pour cette raison, parce que dans mon envoûtement j'avais cessé de lui répondre, car elle s'était aussi arrêtée de parler, se tournant vers moi, et me révélant ses yeux qui brillaient sous notre Nuit Etoilée. Je n'avais rien écouté, mais elle soutenait mon regard dans ce silence où seul cet échange importait.

Tournée vers moi, sa main droite s'était posée sous sa tête pour la soutenir. Sa main gauche, elle, venait de se dégager de son corps pour se dévoiler devant moi, cachant la majeure partie de son visage. Seules quelques parcelles de ce dernier se distinguaient à travers les espaces de sa main grande ouverte. Son œil droit, le seul que je voyais, me regardait avec une insistance qui me fit lever ma main vers la sienne. Reproduisant la même forme, nos paumes et nos doigts se joignirent, avant qu'ils ne se décalent pour se refermer l'une sur l'autre. Quelques effleurements de mes doigts sur sa peau, ainsi que les siens qui répondirent en imitation sur la mienne, me firent retrouver sa douceur et ma sérénité. Nos mains restèrent liées par ces caresses durant un temps immensurable, jusqu'au moment où cette femme se retourna vers les étoiles. Nous restâmes plusieurs heures sous le spectacle des constellations, discutant de multiples sujets dont les plus banaux étaient pertinents. Puis, le froid du soir s'invita et nous incita à rentrer.

Nous rangeâmes nos toiles et les affaires que nous avions sorties, et retournions à la ville par le même chemin qu'à l'aller. A la sortie de l'embouchure, les lumières jaunâtres des réverbères m'éblouissaient, me faisant dévier mon regard sur le ciel dépourvu d'éclat. L'obscurité de la nuit, avec le danger qu'elle portait, me fit proposer à mon inconnue de la raccompagner chez elle, ce qu'elle refusa, invoquant l'inconvenance de me faire déplacer. Mais après plusieurs insistances pour qu'elle rentre en sécurité, elle accepta que je lui commande un taxi.

Le point de récupération se trouvait au-devant du centre commercial et nous nous y dirigeâmes pour l'attendre. Lorsque nous arrivâmes, bien que l'endroit restât éclairé malgré l'heure tardive, plus personne ne s'y trouvait. Je retrouvais la sensation d'être en compagnie de cette femme, dans un lieu dont la coutume se résumait à un tumulte, mais qui finissait par se vider pour ne laisser que nous :

— Peu importe les lieux où nous nous sommes rendus, aussi bien au Musée d'Orsay, au Jardin du Luxembourg ou cette place, nous finissons par être les dernières personnes à partir, lui partageai-je ma réflexion.
— Selon vous, qu'est-ce qui nous différencie de celles qui partent plus tôt ?
— Pour ma part… une volonté inapaisable de rester auprès de vous plus longtemps ? Car aussitôt que nous nous quitterons, il y a sept jours que je devrais endurer.
— C'est aussi cette attente qui rend nos retrouvailles si précieuses, répondit-elle d'un sourire rassurant.

Elle s'assit sur un des bancs présents et me laissa une place pour que je puisse la rejoindre. Le taxi pouvait arriver à tout instant mais la fatigue de cette journée s'éveilla et me tut. Dans ce silence, elle prit la parole :

— J'ai passé une agréable soirée grâce à vous. Je n'avais aucune attente envers ce qui m'attendrait en partant de chez moi, mais dès l'instant où je vous ai vu en sortant de la gare, j'ai su que cette soirée me marquera. Depuis le moment où vous avez redressé la mèche de mes cheveux, chaque événement qui a suivi n'a fait qu'embellir le souvenir que cette date désignerait.

— Vous m'en voyez ravi. Tout au long de la semaine, j'ai pris plaisir à imaginer les façons de marquer votre venue. Et vos diverses réactions au cours de la soirée ont été mes plus belles récompenses.

— Je me sens chanceuse d'avoir été celle à qui votre organisation fut adressée. Mais votre activité n'est pas encore terminée, car je possède toujours la toile que j'ai peinte pour vous.

— Il est encore temps de nous les échanger.

— J'aimerais le faire à un meilleur moment, un temps où nous ne serions pas soumis à la fatigue, où je n'aurais aucune contrainte pour vous expliquer les raisons de ma production. Si cela ne vous dérange pas, j'aimerais que cela se passe dans ce lieu où vous m'avez invité aujourd'hui, qui est si important pour vous et devenu si spécial pour moi.

— C'est avec une immense joie que je vous y retrouverai.
— Dans sept jours alors, sur le banc en dessous de l'arbre, peu avant que le soleil ne se couche. Soyez sûr que je serais présente, plus que je ne l'ai jamais été.

Le taxi fit son apparition alors qu'elle prononçait ces mots. Nous nous levâmes d'un geste commun et elle s'avança vers la voiture. Elle ouvrit la portière et se tourna vers moi pour esquisser sa révérence devenue notre habitude. Elle se retourna, s'apprêta à monter mais s'arrêta, pour s'élancer jusqu'à moi. Elle était là, à une distance où je pouvais embrasser l'entièreté de son corps de mes bras.

Les yeux de cette femme étaient rivés sur les miens. Dotés d'une pointe d'impatience, ils observèrent les détails de mon visage, parcourant mes cheveux, mon nez, mes lèvres, pour ensuite revenir à mes yeux. Je remarquai son visage se rapprocher. La courbure de ses lèvres se précisait. La distance entre elles et les miennes diminuait, et lorsqu'elles étaient sur le point de se toucher, mes yeux se fermèrent. Comme si mon instinct m'avait engagé à m'abandonner dans l'obscurité de mes paupières pour que tout mon être ne soit dédié qu'au toucher de cette première rencontre. Et là, à cet instant, après que le dernier millimètre de vide ne s'échappe, ils se trouvèrent.

Cette fusion, incomparable à toute autre, fut d'une douceur et d'une frénésie qui révolutionnèrent mon être. Pour la première fois, je ressentais ses lèvres. Ce seul toucher m'envoûtait, vidait mon esprit de mes pensées où tous mes actes répondaient à mes désirs que je laissais exprimer. Mes mains se levèrent, se glissèrent depuis le menton de mon inconnue jusqu'à l'arrière de sa tête, et se posèrent sur sa nuque où le bout de mes doigts caressait ses cheveux. Une pause dans le temps qui reprit son cours lorsque je sentis ses lèvres se retirer. Je les suivais un instant pour les rattraper, puis les laissai partir en enlevant mes mains de son visage. J'ouvris les yeux et retrouvai mon inconnue qui reculait vers la voiture, accompagnée de larmes qui traçaient ses pas. Lorsqu'elle atteignit la portière, elle m'adressa une dernière révérence, avant de monter et de fermer la porte. Le taxi démarra, s'éloigna. Je rentrai chez moi, enchanté par ces derniers instants.

CINQUIÈME PARTIE

1

Sept jours nous séparaient l'un de l'autre. Sept jours qui paraissaient s'étendre sur une éternité. A chacun de ces matins, au premier instant où j'ouvrais les yeux, je me retrouvais face au blanc de mon plafond. A chacune de ces fois, je me retrouvais à espérer qu'un jour, cette inconnue prenne la place de cette blancheur pour être la première personne sur laquelle mes yeux se posent. Dès lors, j'avais l'impression de vivre mes journées que dans l'unique dessein de m'approcher de celle où je la retrouverais.

Mais comment rendre ces retrouvailles plus illustres que les précédentes, plus mémorables que celle qui se conclut par ce baiser ayant suspendu le temps ? Mes pensées tournoyaient dans mon esprit où chaque idée s'avérait éphémère, me satisfaisant dans un premier temps avant de s'évanouir dans l'incertitude l'instant d'après. Mais c'est en déambulant dans mon appartement, lorsque mes yeux se posèrent sur la toile que j'avais peinte que l'inspiration frappa. L'image de mon inconnue me revint, assise devant moi, entourée des champs de fleurs, en train de tournoyer son pinceau sur sa toile. Les doutes qui m'avaient dominé les derniers jours tombèrent, détrônés par l'ardeur de me déclarer à cette femme.

Nous étions mardi et je sortis de chez moi dès que cette idée me parvint. Je me rendis à la boutique de fleurs, remarquant à mon arrivée que de nouvelles décoraient la devanture. Je m'accordais un temps pour les observer avant d'entrer et de faire un tour du magasin pour découvrir les variétés qui avaient pris place. Devant ce spectacle, mes choix s'embrumèrent. La signification de chaque fleur créait une possibilité infinie de composition. Délaisser certaines me désolait, ce qui me fit prendre la décision de commander trois bouquets que je récupérerais samedi, jour des retrouvailles avec mon inconnue.

Les derniers jours s'écoulèrent dans l'euphorie de ce qui m'attendait. Lorsqu'enfin se leva le jour espéré, je me réveillais avec l'impatience de découvrir les bouquets que j'avais composés. Dehors, le ciel était radieux. Son bleu mêlé aux formes blanches des nuages lui donnaient les allures d'un tableau achevé. Mon regard parcourait ses tracés jusqu'à ce qu'ils prennent les contours de la boutique.

A l'intérieur, je retrouvai la fleuriste auprès de qui j'avais passé commande. Sûrement était-ce dû à son originalité ou bien à la signification derrière le fait d'acheter plusieurs bouquets, mais aucun mot fut nécessaire pour qu'elle me reconnaisse. Elle entra dans une pièce annexe et en ressortit après quelques secondes, ses mains comblées par le premier bouquet que j'avais créé. Fleurs aux teintes rouges ardentes qui se dégradaient en un orange tout aussi vif, la première composition symbolisait la fougue et les moments où cette femme me surprenait par la témérité de ses actes. La deuxième était une figure de la sensibilité et de la fragilité de mon inconnue. Coloré de fleurs aux tonalités variées de bleu, d'autres aux nuances violettes venaient parsemer le mélange. Le troisième bouquet, était lui orné des fleurs qui avaient élevé mon cœur. Celles qui me plaisaient sans que je ne puisse en expliquer les raisons, et qui dépeignaient les nuances qui m'avaient fait chavirer dans un autre monde.

De retour dans mon appartement, je m'apprêtais à passer la journée comme les autres samedis, en m'occupant l'esprit par toutes les distractions possibles jusqu'à ce que l'heure de sortir survienne. Je m'apprêtais à revivre ce même schéma mais remarquai une particularité dans nos retrouvailles. Il s'agissait de la première fois où nous n'avions convenu d'aucune heure de rendez-vous, et si ma mémoire ne me faisait pas défaut, seule une indication portant sur le moment où le soleil commencerait à se coucher avait été partagée.

Les craintes que nos retrouvailles ne se réalisent me plongèrent dans un nouvel état d'anxiété. Je tentais de retracer le fil de notre dernière sortie et les scènes de nos derniers échanges mais rien de plus ne me survint. Mon regard chercha un soutien auprès du soleil dont la dominance et l'immobilité ne firent qu'aggraver mon état. Le temps, semblait s'être arrêté au regard de cet astre, si bien que je ne désirais plus que de le voir disparaître, de le voir céder sa place à la lune ou à la pluie afin que je puisse retrouver mon inconnue et son rayonnement sous ces éléments. Mais il demeurait là, entouré de ses motifs blancs sur sa couche de bleu. Une vue horripilante qui m'incita à sortir pour me rendre directement au lieu de nos retrouvailles.

Je me saisis de mon sac et des bouquets, puis partis de l'appartement. Je me dirigeais en direction de mon refuge, le regard figé sur le chemin qui se traçait devant moi. Après un temps, j'arrivai sous l'arbre. Je posai mon sac et les bouquets sur le banc puis m'asseyais. Je glissai ma main dans ma poche pour saisir mon portable mais constatais que j'avais omis de le prendre. Il n'y avait que ce soleil pour me guider et je m'efforçais de ne pas le regarder, pensant naïvement qu'il s'en irait plus rapidement. Je passais alors mon temps à contempler le paysage qui m'entourait, notamment cet arbre qui m'accompagnait. L'apparence de ses feuilles, les ramifications de ses branches et l'ampleur de son tronc contre lequel je décidai de m'asseoir, ravivèrent en moi le réconfort que ce lieu avait toujours su me procurer. Je restais dans cette pose durant un temps que je ne pouvais déterminer et ne la quitta qu'au moment où le soleil réapparu sous le feuillage de l'arbre.

Je me levai et pris de nouveau place sur le banc. Je sortis de mon sac le tableau qui représentait cette femme que j'attendais. Je regardais le soleil qui se couchait tout en portant mon attention sur le chemin par lequel elle devait arriver. Je fis un nouveau tour de l'arbre pour le contempler sous les lueurs du crépuscule. Je retrouvais le banc et le soleil à mon niveau. Je me levais, me penchais près des fleurs bordant le chemin. Je me rasseyais et regardais le soleil coupé par l'horizon. Je contemplais des oiseaux qui traversaient le ciel, puis, constatais que le soleil disparaissait.

Je retrouvai la sensation que j'avais ressentie en sortant de la gare, lorsque se confrontaient l'espoir de mes désirs et la réalité de ce qui se déroulait. Je restais assis en tentant de me convaincre qu'à l'instar de la dernière fois, cette femme finirait par arriver. Je me remémorais ses derniers mots afin de me rassurer, mais je continuais à l'attendre. Il me semblait que je n'avais fait que ça, que j'avais passé l'entièreté de mon temps de la sorte. Durant ces sept derniers jours, cette journée, ces dernières minutes, je l'avais attendue. Là encore, je l'attendais, chaque seconde m'engloutissant plus profondément dans la folie de l'espoir. Il y avait dans cette perdition, une confiance aveugle que je lui avais donnée. Mais au moment où j'allais perdre tout espoir en elle, des bruits émis au loin me parvinrent. Ces bruits qui venaient défier le calme du lieu, ne me procurèrent qu'une plus grande tristesse lorsque je les eus reconnus.

La silhouette du couple se découvrit. Une déception m'emplie que je tentai de dissimuler lorsqu'ils étaient à distance de me voir. Je les regardais, les saluais à travers mon masque de politesse, mais remarquais que leurs pas ralentissaient pour s'arrêter devant moi. Le vieil homme ouvrit sa veste, en retira une enveloppe blanche qu'il me tendit :

— C'est la demoiselle qui nous a demandé de vous la donner.

Je regardais cet homme sans vraiment saisir ce qu'il venait de me dire. Ses paroles me paraissaient si invraisemblables que je lui demandais de s'éclaircir :

— La demoiselle ? Vous parlez de la femme avec qui j'étais la semaine dernière ? supposais-je en m'emparant de l'enveloppe.
— C'est bien elle oui, répondit le vieil homme.

— Pour quelles raisons vous a-t-elle demandé de me donner cette enveloppe ?
— Elle n'en a spécifié aucune, mais insistait grandement pour qu'on vous l'apporte.
— Quand vous l'a-t-elle donnée ?

L'homme jeta un regard à sa femme, traduisant son incertitude concernant la date.

— Il y a quatre jours, répondit-elle. C'est le mardi que nous l'avions croisée.
— Comment vous l'a-t-elle donnée ?
— C'est ici qu'elle nous l'a remise, reprit le vieil homme. Nous avions été surpris de la voir seule mais pensions qu'elle était en train de vous attendre. Quelques pas après l'avoir saluée, elle nous interrompit pour nous implorer cette faveur qui nous laissa dans un étonnement encore plus grand.
— A vrai dire, ajouta sa femme, je pense qu'elle nous attendait depuis un bon moment. Je ne saurais vous dire pourquoi je le pense, mais je discernais dans son regard un véritable soulagement de nous voir. Heureusement que nous avions décidé de sortir, qui sait combien de temps cette belle dame nous aurait attendu ?
— Et je peux vous dire, continua son mari, que jamais je n'avais entendu pareil désespoir dans des paroles. La

détresse dans laquelle ses mots semblaient avoir été noyés me fendit le cœur.

— La seule chose à propos de laquelle elle persistait, reprit la vieille dame, était que l'on vous remette cette enveloppe, peu importe si cela devait prendre des jours, des semaines ou des mois. Alors, nous avons décidé de passer, au même moment que la semaine dernière.

Un silence poursuivit cet échange. Seul le vent qui sillonnait les fleurs se faisait entendre. Il parcourait le lieu, s'immisça entre nos trois corps, puis s'estompa au loin, exacerbant la pesanteur du calme qui régnait. Plus personne ne semblait vouloir le défier, jusqu'à ce que le vieil homme s'empare d'un courage pour me demander :

— Vous n'étiez donc au courant de rien ?
— De rien, lui répondis-je. Rien sur le fait qu'elle soit venue ici, ni qu'elle vous ait attendu, et encore moins sur cette enveloppe et son contenu.

Cette fois, le silence reprit et perdura. Pour ne pas les retenir dans mes tourments, je remerciais le couple d'avoir honoré la demande de mon inconnue. Ils me saluèrent et partirent, prenant soin de ne pas éterniser la conversation.

Je portais mon attention sur l'enveloppe. Sur ses deux faces n'étaient présentes qu'une blancheur. Je décidai de l'ouvrir. Une dizaine de feuilles sur lesquelles des mots avaient été écrits à l'encre noire étaient à l'intérieur. Je passais en revue ces pages. Elles avaient été ordonnées. Je pris la première. Le vent souffla dans le champ à l'instant où mes yeux se posèrent sur les premiers mots écrits en guise de titre :

A cet inconnu qui m'a fait aimer la vie.

2

A vous, je tiens d'abord à présenter mes excuses. Je vous demande pardon de vous laisser seul, de ne pas être à vos côtés comme j'ai pu vous le faire entendre, et d'avoir substitué ma présence par des mots écrits sur quelques feuilles. En aucun cas je n'ai souhaité vous causer de maux. Je vous l'assure. Mais je savais, dès l'instant où nos lèvres se sont quittées, que ce moment était notre dernier.

A vous, parfait inconnu, vous venez de recevoir cette lettre de la part de ce couple que vous m'aviez présenté et que je suis en train d'attendre dans votre lieu favori. Celui dans lequel vous m'aviez emmenée et traitée si parfaitement que je ne pouvais vous écrire autre part qu'ici.

A vous, horrible inconnu, d'une cruauté sans pareille, car vous m'avez fait aimer la vie au moment où j'avais décidé de ne plus rien attendre d'elle.

Je vous écris ces premiers mots, assise sur le banc sous l'ombre de l'arbre. Le ciel est magnifique, quelques délicates brises soulèvent mes cheveux et viennent caresser ma peau. Les fleurs, bercées par ces souffles légers, semblent danser en harmonie dans un tableau qui s'étend à l'horizon. Tout pourrait être idyllique s'il ne manquait votre présence, et j'éprouve un pincement de me retrouver là, sans vous.

C'est donc avec appréhension que je poursuis cette écriture. Une appréhension née de l'idée que vous pourriez surgir et me surprendre avec ces feuilles, ce qui me contraindrait à vous expliquer les raisons de notre présence. Certainement je vous aurais menti et prétexté vous faire une surprise car j'aurais prédit que vous viendriez. M'auriez-vous cru ? Je pense que non. Je pense que vous auriez perçu la vérité mais auriez fait mine de me croire. Vous auriez poursuivi la discussion sans insister sur les raisons de ma discrétion, respectant mes intentions avec la réserve qui vous caractérise.

Ainsi, je nourris l'espoir, du plus profond de ma réflexion et non de mon cœur, que vous ne viendrez pas. Je le sais, que si ce cœur fragile venait à vous revoir, il finirait inévitablement par s'abandonner au vôtre.

Mais ma décision est prise et je me dois d'y corréler mes actes, car le contraire ne serait que de l'irrespect pour votre personne. A la lecture de ma lettre et ce jusqu'au mot final que je souhaite apposer, vous découvrirez les détails de ma vie et connaîtrez les facettes de mon histoire. J'espère que vous comprendrez les raisons qui motivent ma décision, suffisamment pour ne pas ternir les magnifiques souvenirs que nous avons construits, et qui en l'espace de trois uniques rencontres, ont constitué les instants les plus beaux de mon existence.

3

Aussi lointain que ma mémoire puisse remonter, soit aux alentours de mes cinq ans, je me souviens d'une chambre d'hôpital aux murs blancs dont les recoins étaient jaunis par l'usure du temps. Ces couleurs apparentées à la pureté et à la joie, accentuaient cette fois le vide qui caractérisait la pièce. De larges fenêtres sur le côté droit permettaient à la lumière du soleil d'entrer dans la pièce. Je passais la majeure partie de mon temps devant elles, du matin au soir, à regarder les évolutions picturales des appartements parisiens et des monuments au cours d'une journée. Aussi belles pouvaient-elles l'être, cette vue me permettait surtout de m'évader de cette chambre où l'odeur de désinfectant s'imprégnait jusqu'à mes vêtements et ma nourriture. La simple évocation de ce souvenir me ravive la mélancolie qui consumait le lieu. Cette maladie qui emplissait les âmes des patients et du personnel d'une perpétuelle tristesse. Il était de même pour mes parents qui, dès la fin de leur journée de travail, venaient me retrouver dans cette chambre. Durant ce temps, aussi long que les horaires hospitaliers le permettaient, ils restaient à mes côtés, tentant de me faire oublier le cadre et ma situation.

Je sortis de l'hôpital après une semaine mais les souvenirs de ce qui s'était passé avant mon entrée demeuraient vagues. Ce n'est que récemment que je questionnais mes parents pour comprendre ce qui m'était arrivé. J'appris alors que mes problèmes de santé m'avaient accompagné depuis mes premiers instants et que de nombreuses visites dans cet hôpital avaient précédé celle que je pensais être la première. Ces séjours, bien que courts, étaient des signes avant-coureurs de ce qui arriverait.

A l'âge de mes six ans, j'intégrais l'école primaire et découvrais le plaisir de ce nouveau quotidien auprès d'autres enfants. Des premiers mois d'insouciance qui resteront gravés dans ma mémoire, car cette période où j'étais immergée dans une routine commune aux personnes de mon âge, libre de tous problèmes, ne fit qu'exacerber la brutalité de la rupture avec celle qui m'attendait. Sûrement était-ce là les raisons qui ont rendu ces débuts si marquants, car à l'arrivée de l'hiver, ma santé recommença à faillir. Des malaises et d'autres symptômes survenaient, avec des proportions si importantes qu'ils me ramenèrent dans la solitude de la chambre blanche au parfum de désinfectant.

Un nouveau séjour qui trouva son terme au bout de plusieurs semaines, après l'accord des médecins qui estimaient que ma santé s'était suffisamment stabilisée pour me permettre de partir. La perspective de retrouver mes camarades, ma maîtresse et la routine que j'avais laissés m'emplissait de joie. Mais à mon retour, je perçus que quelque chose avait changé. Les élèves que j'avais côtoyés pendant plusieurs mois étaient différents. Leurs regards s'étaient dotés d'une méfiance qui me donnait l'impression d'être l'œuvre étrange d'un musée, celle qu'on observe de loin en prenant garde de ne pas s'en approcher. Les semaines passées à l'hôpital avaient fait naître de multiples rumeurs qui avaient circulé dans l'école, certains affirmant qu'il valait mieux m'éviter pour ne pas se faire contaminer. Les tables et les chaises s'éloignaient. Une aire se dessinait autour de moi dans laquelle aucun enfant n'osait entrer. Un fossé entre eux et moi se creusait, s'agrandissant au fil des années tandis que mon espoir de voir une personne de l'autre côté se fanait. Mais au fond, je les comprenais, tous. J'avais moi-même fini par accepter ce quotidien, accepter cette solitude qui était plus belle que celle vécue dans la chambre blanche. Je restais seule, comme je l'avais été la majorité de mon temps, avec l'unique espoir que ce dernier permettrait à ma santé de s'améliorer, ce qui était tout bien considéré, l'unique cause de tous mes malheurs.

Mais plusieurs années passèrent sans que rien ne change, à l'exception de mon état qui continuait à se détériorer. Lors de ma dernière année à l'école primaire, je fus contrainte de quitter ma classe pour retrouver cette chambre que j'avais fini par maudire. J'y passais l'entièreté de mes journées avec pour compagnie le silence de ma solitude et les visites des infirmières pour m'apporter à manger, prendre ma température, ou me conduire dans une autre pièce de l'hôpital pour me réaliser des contrôles. Une semaine s'écoula, chaque jour marqué par ces allers-retours entre ma chambre et cette autre pièce.

Un soir, alors que mes parents étaient avec moi dans la chambre, le médecin qui s'occupait de mon suivi entra et demanda à parler avec eux. Il les emmena en dehors de la pièce. Sur mon lit, je tentais d'entendre leur discussion. Elle se termina lorsque la porte se rouvrit. Mes parents et le médecin entrèrent. Je les regardais et compris la situation. Le médecin m'annonça la nouvelle : une tumeur présente dans mon sang.

L'échange qui avait commencé en dehors de la pièce se poursuivit avec moi. Le médecin nous présenta les traitements recommandés à mon cas en précisant leur durée, leurs avantages, ainsi que leurs désavantages et leurs risques. Il laissa ensuite un temps de réflexion à mes parents durant lequel ils ne s'éternisèrent pas. L'urgence de la nouvelle avait incité mes parents à donner leur consentement pour que je puisse commencer le traitement. Suite à cela, mon père quitta la pièce avec le médecin tandis que je restais avec ma mère, dont les yeux brillants laissaient transparaître son espoir envers les paroles du médecin.

Le traitement débuta le jour suivant où l'on commença par me lier à un fil. Les visites des infirmières devenaient plus fréquentes, de même que pour mes passages dans l'autre pièce où les contrôles pouvaient s'étendre sur l'ensemble d'une journée. Les quantités de médicaments prenaient des allures de repas et ôtaient mon corps de sa capacité à faire autre chose le reste du temps. Mon quotidien s'imprégnait de cette chambre, perdant l'éclat de ses couleurs que la vue sur le décor parisien ne parvenait à repeindre. Mes forces se vidaient, ma personnalité s'estompait. Mes actes devenaient ceux d'un automate dépourvu de raisons et d'émotions.

Depuis que j'avais commencé le traitement, les visites de mes parents étaient plus régulières. Avec le recul des années qui me séparent de cette période, je repense à la détresse dans laquelle mes parents devaient être à chaque fois qu'ils venaient me voir. Jour après jour, il devait constater au premier coup d'œil, l'amaigrissement du corps, des forces et de la volonté de leur fille. Un véritable jeu d'acteur où le rôle de ma mère l'obligeait à passer en coulisse avant de revenir sur scène avec des yeux rougis.

Mais tout chavira un soir. Allongée sur mon lit, je regardais les lumières de la ville s'éveiller. J'entendis des pas résonner dans le couloir et des paroles gagner en intensité. La porte s'ouvrit et mes parents entrèrent. Cette précipitation me surprit. Ils s'assirent à mes côtés, saisirent tous les deux mes mains, et ma mère, libérée de son costume, m'annonça le succès de mon traitement. A ce moment, je ne parvenais à saisir la véritable portée de cette nouvelle. Ce n'est que plus tard, lorsque je passais le seuil de ce qui aurait dû être ma seule maison, que je pris conscience de la fin de mon cauchemar.

4

Ma nouvelle vie débutait. Je me réhabituais au quotidien en dehors de l'hôpital et commençais à retrouver mon énergie, mes aspirations et mes rêves perdus au cours des derniers mois. Les couleurs étaient revenues, leur chaleur enveloppant chaque instant. J'appréciais avec un nouvel entrain ces moments apparentés aux plus simples de la vie comme les repas que je prenais entourée de mes parents.

Les mois passés à l'hôpital me firent redoubler mon année scolaire, ce que je percevais comme les dessins d'une nouvelle voie. A la rentrée, au cours des premiers jours, je m'efforçais de lutter contre les rumeurs qui persistaient. Puis peu à peu, je constatais que le doute chez mes nouveaux camarades s'estompait, que le fossé creusé pendant des années se refermait. Je retrouvais la vie d'écolière que j'avais perdue. Une singularité dans mon quotidien qui devint ordinaire à mesure des années qui passaient.

Je fêtais mon dix-huitième anniversaire lorsque j'étais en classe de terminale. Cette année fut ponctuée par les épreuves du baccalauréat et par les réflexions concernant l'orientation vers une poursuite d'études. Portée par mon vécu, je postulais pour des formations en médecine et reçus en fin d'année mon acceptation au sein d'une faculté renommée de Paris. Une simple validation qui m'ouvrit les portes de la vie étudiante.

La fin des vacances d'été marquait le début de cette vie. Je découvrais son cadre plus vaste, sa diversité de personnes, mais surtout son exigence. Je fus happée par la violence des premières semaines durant lesquelles mes journées n'étaient consacrées qu'aux apprentissages et révisions des leçons. Mais dans cet épuisement, je ressentais pour la première fois la sensation de donner du sens à ce que je faisais, une raison à mes réveils le matin et à mes efforts jusqu'au soir. Septembre, octobre, novembre… les mois s'écoulèrent. La charge de travail devenait plus importante, et couplée au froid hivernal, l'éreintement de mon corps s'intensifiait.

Une semaine avant les vacances de décembre, je passais les épreuves du premier semestre, que j'appris plus tard avoir réussi, me classant même dans la partie haute du classement. Je ne l'appris que plus tard, car une fois la pression des épreuves retombée, je ressentis une fébrilité dans mes gestes. Une fatigue qui se perpétua la semaine suivante et qui me laissa soupçonner qu'elle n'était pas seulement liée aux cours.

Quelques semaines avant les épreuves, mes parents avaient également repéré des similitudes entre mon état et mes symptômes passés. Ils avaient toutefois décidé de ne pas m'en parler pour ne pas m'inquiéter ni me déranger pendant mes révisions, conscients de mes efforts pour réussir. Ils attendirent quelques jours après que je passe la dernière épreuve pour me faire part de leurs craintes, ce qui me permit de leur partager les miennes. Nous nous rendîmes à l'hôpital pour un examen, dans le même établissement que je pensais avoir quitté pour de bon. Au premier regard porté sur cet endroit, tous les souvenirs affluèrent : la chambre, ses murs, l'odeur du désinfectant, mes parents qui passaient la porte, les yeux brillants de ma mère. Le verdict tomba.

Le premier sentiment que j'eus ressenti fut de la culpabilité. Celle de ne pas avoir un corps assez fort pour épargner mes parents de revivre ce cauchemar. Un cauchemar que j'aurais souhaité voir disparaître une fois les yeux ouverts, mais qui était bien présent en moi. Il demeurait une lueur d'espoir, celui que ce corps était déjà parvenu à surmonter cette maladie.

Ainsi, j'étais de retour dans un quotidien cadencé par les tests et les prises de médicaments. Au cours du premier mois de traitement, grâce à une camarade qui se dévouait à m'envoyer ses notes, je tentais de poursuivre mes cours malgré la fatigue. J'essayai de concilier les deux, en vain. Mon état de santé s'aggravait, le nombre de médicaments à ingérer augmentait et après ce premier mois à l'hôpital, je pris la décision d'arrêter les cours. Cette décision fut une tragédie à ma vie, comme si un ouragan s'abattait sur moi alors qu'une tornade venait de me ravager. En arrêtant l'université, je renonçais à ce qui donnait une essence à ma vie. En retour, je ne ressentais que le sentiment de devoir survivre, de persévérer dans une lutte contre une chose qui ne me quitterait, et qui retirait l'espoir et la joie de ma vie pour n'y apporter que la tristesse et le désespoir. Je continuai pour mes parents, pour qui la situation devait être insoutenable. Durant les moments où l'on se retrouvait, je m'efforçais d'afficher un sourire et de tenir un discours qui feintait de garder espoir. Il le fallait, pour honorer le courage et l'amour qu'ils me donnaient, pour retenir les larmes de ma mère pendant ces moments et celles de mon père une fois qu'il quittait ma chambre.

Deux mois s'étaient écoulés depuis mon admission à l'hôpital, sans aucune amélioration de ma santé. Je sentais la maladie s'aggraver, et arriva le jour où mon médecin nous annonça qu'elle avait atteint un stade critique. Seul le passage au traitement le plus intensif offrait une chance de vivre. Mais garder cet espoir de vivre signifiait davantage d'heures de traitement, des quantités encore plus importantes de médicaments, le tout, sans avoir la certitude que cela serve réellement.

Alors, j'ai décidé d'y renoncer, de renoncer à l'espoir d'un demain pour vivre comme je le désirais depuis toujours. Que durant ces dernières années, mois, ou semaines qui me resteraient, je vivrais ma vie comme je le souhaitais. Là, était ma façon de lutter contre cette maladie qui m'avait volé mon enfance, mon adolescence, mon rêve et ma vie. Je ressentis beaucoup d'appréhension à l'idée de partager cette décision à mes parents, car c'était leur annoncer que leur enfant allait mourir, que son temps était compté et qu'imaginer un futur à ses côtés ne serait que de dresser un voile devant la vérité. Mais je savais que ce choix était le meilleur pour moi. Nous avons pleuré. Face à cette réalité, plus personne ne se dissimulait. Une fois les dernières larmes tombées, ils acceptèrent ma décision, se résolvant à ce que le temps qui me resterait soit aussi beau que celui que je ne vivrai.

5

Une nouvelle vie débuta, la dernière que je connaîtrais. L'imminence de ma mort me libéra des chaînes que je m'étais forgées au cours de ma vie, résultant en une étoile libre de danser dans son monde. Mes désirs m'emmenaient dans les ruelles les plus belles de Paris, m'attardaient au milieu des buttes animées par la musique des habitants, m'arrêtaient sur les bancs occupés par des inconnus avec qui j'engageais la conversation. Chacune de ces discussions semblait être la lecture d'un nouveau livre, d'une nouvelle histoire qui se distinguait par son personnage principal. Ces récits, qui duraient le temps que m'accordaient ces personnes, me donnèrent l'illusion d'une vie comblée par leurs renversements. Puis, vint le jour où je vécus la mienne, cette péripétie qui redéfinira ma perception de ma vie, par la simple décision de me rendre au Musée d'Orsay.

Avant ce jour, mes visites dans la capitale ne se limitaient qu'à ses jardins et monuments. Mon attrait pour les musées naquit qu'après une discussion avec une femme. Elle me raconta ses voyages dans les musées du monde, les chamboulements qu'elle avait ressentis devant des tableaux, mais aussi son affection pour les sites présents à Paris qu'elle qualifiait d'ailleurs de berceau de l'art et de la culture. Toutefois, la vastitude de ce berceau me confrontait au choix de n'élire qu'un seul musée, celui par lequel mon aventure commencerait. Je souhaitais que ce choix soit raisonné par mon cœur, que les émotions que ce dernier ressentirait en lisant l'histoire de l'un me permettraient de m'y diriger. Mais au terme de nombreuses narrations, il fut incapable d'en distinguer un. Alors, je décidai de m'en remettre à l'inconnu.

C'était un samedi en fin de matinée. Je me retrouvais dans l'effervescence de Paris et marchais en observant le monde. Tandis que mon chemin continuait de se tracer, il finit par me mener à l'intérieur d'un jardin. Je parcourais ses allées, lorsque se découvrit derrière un alignement de buissons, une femme d'un certain âge, assise seule sur un banc avec ce qui semblait être une canne à ses côtés. Je m'approchai d'elle. Arrivée à ses côtés, son visage se tourna vers moi et m'esquissa un sourire comme pour me souhaiter la bienvenue. Je le sentais, cette femme était celle que je cherchais. Je patientais un temps pour ne pas me précipiter de l'interpeller, mais elle se leva, prit sa canne et commença à partir. Je l'interrompis dans ces gestes, maladroitement comme j'avais tenté d'éviter, et lui formulai ma demande. Elle se rassit, manifestant un certain entrain à l'idée de m'aider et de partager une conversation avec moi. Elle cala la canne contre le banc, se tourna vers moi, me répondit Le Musée d'Orsay et me raconta la symbolique que ce lieu avait pour elle.

Lorsqu'elle était plus jeune, proche de l'âge que je semblais avoir d'après ses mots, le garçon dont elle était amoureuse l'y invita. C'est dans les théâtres du musée que leur histoire commune débuta, se poursuivant durant plus de cinq décennies d'union. Avant que son époux ne meure, ils revenaient chaque année dans ce musée, à la date d'anniversaire de ce premier rendez-vous pour retrouver les tableaux et la nostalgie de leurs premiers instants.

Après m'avoir partagé cette histoire, nous poursuivions notre discussion, chacune se dévoilant comme pour imprimer une empreinte de sa vie dans l'esprit de l'autre. Nous nous quittâmes dans une atmosphère d'adieu chaleureux. Je la regardais partir, s'éloigner avec la canne préférée de son mari, imaginant la silhouette de cet homme marchant à ses côtés. Lorsque ces deux corps disparurent dans la foule, je me levai et me dirigeai vers le Musée d'Orsay.

6

Près d'une demi-heure plus tard, j'arrivais aux abords du musée. Quelques minutes dans la file d'attente me permirent d'entrer, de me procurer un billet, et atteindre une place où je m'arrêtai aux côtés d'autres personnes. Saisie par la splendeur qui se dévoilait, les sculptures qui s'alignaient le long d'une allée me firent dévaler les escaliers pour m'en approcher. Je me retrouvais en bas, au cœur d'une immensité emplie par la prestance de son architecture et de ses œuvres. Une nostalgie m'envahit au regard de ces éléments que je découvrais pour la dernière fois. Les courbures des sculptures, les variations de couleurs des tableaux, je m'efforçais de les graver dans ma mémoire afin de pouvoir les revisiter les yeux fermés.

Je venais de terminer la visite du premier niveau. Sur les marches pour monter vers le suivant, je m'interrogeais sur les raisons qui avaient poussés les architectes à placer telle œuvre à tel endroit. Avaient-elles un rapport à la lumière qui les éclairait ? Ou bien un souci de créer un champ visuel cohérent ? Et qu'en est-il du vide qui sépare les œuvres ? Comme pour cette salle immensément vide, pourquoi rien n'a-t-il été posé ?

Je poursuivis ma visite vers les prochains étages, atteignant finalement le dernier. Je parcourus le long couloir de tableaux, remarquant que les mouvements artistiques avaient été représentés dans l'ordre chronologique de la visite. Ainsi, se découvraient les œuvres mythiques de l'Impressionnisme et de Pont-Aven qui précédèrent une galerie éphémère consacrée à Van Gogh.

Dès mon entrée dans cette dernière exposition, je fus portée par l'ambiance qui s'en dégageait. Les palettes des murs, les tableaux sublimés par la lumière émanant des lampes, ou bien le fait que cette galerie finirait elle aussi par disparaître, je savourais mes instants dans cet univers dont les premiers me dirigèrent vers le portrait d'un homme à la veste marron, puis d'une toile représentant plusieurs individus unis par un teint verdâtre. Je poursuivis la visite de la galerie et rencontrai une foule de personnes qui me fit m'interroger sur l'œuvre qui les unissait. Je pris part à ce groupe, avançant au rythme des corps qui partaient. J'observais les personnes s'avancer, s'arrêter un temps devant le tableau, puis le quitter pour la suite de l'exposition. Un homme, toutefois, demeurait. Dans son immobilité, il donnait l'impression d'une sculpture qui s'était égarée dans le musée pour contempler la toile. La Nuit Etoilée sur le Rhône, un chef-d'œuvre à la beauté et aux détails sans fin, dont l'attention que je devais lui porter fut dérobée par cet homme. Il était là, étranger au flux de personnes qui venaient et partaient. Figé, son regard semblait lui errer à l'intérieur de la toile. Que voyait-il ? Que se passait-il autour de lui ? Spectatrice de cet envoûtement, je décidai de partir dans l'espoir de comprendre cet homme.

De l'autre côté, dans une solitude que je connaissais, se tenait un tableau qui n'attirait l'attention d'aucun passant. Il était là, sur le mur, resplendissant de la lumière qui se reflétait sur lui, bien que chaque visiteur détournât le regard, attiré par une lumière plus forte. Face à ce malheur, je m'arrêtai. Inspirée par cet homme à ne vouloir faire qu'un avec le tableau, je décelai ses traits, ses couleurs, ses tracés, la confrontation et superposition de tous ses composés. Je me retrouvais au milieu d'une chambre où la première impression qui me vint était celle d'être arrivée trop tard, le drame s'étant abattu plus tôt dans cet espace. J'examinais la pièce et ses éléments, puis partis, le cœur empli des émotions de cette chambre.

Je sortis de la toile, remarquant qu'une personne se tenait à mes côtés. S'était-elle éprise d'une compassion quant à la solitude de ce tableau ? La surprise et l'évidence se mélangeaient lorsque je réalisai que cette personne était l'homme qui m'avait intriguée devant La Nuit Etoilée. Je retrouvais son immobilité ainsi que l'intensité de son regard, qui n'était pas porté sur La Chambre, mais sur moi.

Il continuait de me regarder, sans montrer la moindre gêne à cette insistance. Quelles raisons pouvaient pousser cet homme à me fixer ? J'ai donc engagé la discussion avec lui, avec vous, dans un sarcasme que j'affectionne. Nous l'avions poursuivie en échangeant nos perceptions sur le tableau, ce qui m'a permis de découvrir des éclats de votre vécu auxquels je me suis identifiée et qui ont attisé ma curiosité d'en déceler d'autres. Je vous ai fait part de ce désir et sans un mot, vous vous êtes joint à moi.

J'étais surprise, mais ravie, lorsque vous aviez manifesté votre envie de voir les tableaux de l'étage, ce qui était une occasion pour moi de les contempler une dernière fois. Il semblait que nous étions les seuls à arpenter le musée dans ce sens. Une remontée dans le temps qui me permit d'apprendre votre sérénité en observant vos expressions, votre délicatesse en écoutant vos paroles, la beauté de votre âme à travers vos gestes d'attention. A vos côtés, j'étais à mon aise, si bien que je devais faire attention à mes paroles pour ne pas vous dévoiler des lignes de mon histoire.

L'annonce concernant la fermeture du musée retentit lorsque nous arrivâmes sur la Terrasse des sculptures. Il est vrai, je vous ai perdu de vue, je le reconnais. Un frisson me parcourut lorsque je constatai votre absence et se transforma en une rancœur causée par le vil de votre départ. Alors, quand je vous ai vu m'attendre sur le côté, je me sentis idiote de mes interprétations. Je me dépêchai de vous rejoindre et dans cette course, mon regard fut attiré par l'horloge du musée. Ses aiguilles ne m'indiquaient pas l'heure mais le temps qu'il nous restait. Ces dernières minutes, il fallait les passer dans cette salle.

Nous étions à l'intérieur de notre toute dernière, dans cet immense vide qui me rappela mes interrogations au sujet de cet espace désœuvré. Une vaste place laissée vacante, qui par votre présence, me permit de rêver des raisons de sa création.

Correspondaient-elles aux véritables intentions des architectes du lieu ? De prodiguer un tel espace aux visiteurs pour qu'ils s'en emparent ? Je m'éloignais de quelques pas et attendais que votre regard me trouve. Lorsqu'il se posa sur moi, mes passions furent descellées. Mon esprit céda son contrôle à mon cœur, qui rencontra le vôtre dans une danse exempte de jugements. Rien d'autre dans ce monde ne semblait importer que cet instant. Mes pas, mes rires et mes larmes s'exprimèrent dans une ferveur exaltée à chacun de nos tournoiements. Mais arriva une femme qui me rappela que notre danse devait se terminer, comme notre rencontre.

Sur le chemin vers la sortie, j'avais du mal à réaliser ce qui venait de se produire, du mal à concevoir que cette journée était celle de ma vie et non une péripétie contée par un inconnu. Je repensais à la femme que j'avais croisée plus tôt dans la journée et l'imaginais avec son homme, virevoltant dans la salle que nous venions de quitter. Mes yeux se posèrent sur vous, et remarquèrent votre absence que je n'osai troubler.

Nous venions de passer les portes du musée et demeurions face à la pluie qui nous dissuadait de faire un pas. Les passants semblaient insensibles à son fracas. Nous, nous les regardions, dans un calme qui perdura. Je pense que c'est durant ces moments, lorsque tous les mots ont été épuisés, que tous les sujets ont été évoqués, que seul le silence semble parler, que le véritable lien qui unit deux personnes tend à se révéler. Lorsque ce moment est survenu, je me suis surprise à ne pas avoir cherché à le rompre. A vos côtés, le silence ne me dérangeait pas. C'était cela, qui me donna l'envie de rester auprès de vous.

Toutefois, telle une témoin de notre rencontre qui avait décidé qu'il était temps de nous quitter, la pluie cessa. Avait-elle, derrière cette averse, orchestré ces quelques minutes pour s'assurer qu'elle puisse nous retrouver une autre fois ? Car juste après, vous m'avez adressé votre proposition, formulée par des mots d'une mélodie si douce à entendre. Mais ma raison ne pouvait occulter le temps qu'il me restait, le moindre engagement devenant trop important pour être certaine de l'honorer. Il ne s'agissait pas d'un mensonge lorsque je disais craindre de ne pouvoir vous retrouver. La mort pouvait me devancer. Alors je vous ai refusé. Un rejet, auquel vous avez répondu si cruellement par une délicatesse inédite à mon ouïe. Puis, vous êtes parti, me laissant seule avec ces mots qui résonnaient dans ma tête. Aurait-il été correct de vous donner une parole que je ne pouvais pleinement tenir ? Pourrais-je continuer à vivre malgré votre souvenir ? Face à cette dualité entre ma raison et mes désirs, je remettais ma destinée à l'inconnu, fermant les yeux en me promettant que lorsque je les rouvrirais, si la première personne que je verrais était une femme, je vous rattraperais, sinon, je vous laisserais.

Je les ouvris et constatai la réponse. Les véritables souhaits de mon cœur se révélèrent. Dans un élan dont lui seul connaît les raisons, je partis vous rattraper. Je retraçai vos pas qui me menèrent à l'entrée d'une station de métro. Dans l'inconnu de votre présence, je descendis les escaliers, me précipitai d'acheter un ticket. Entendant un train stationner, je passai les portiques, dévalai les marches, posai mon premier pas sur le quai lorsque la sonnerie du métro retentit. Je constatai que je m'étais trompée de côté. J'espérais que vous n'étiez pas sur celui qui se vidait dans le train. Je portai mon attention sur les personnes présentes sur mon quai mais comprenais que vous n'y étiez pas. Dans un ultime espoir, je partais vous rattraper dans les ruelles de Paris, mais une voix s'éleva dans la station. Elle retentit si fortement que mon cœur et mon souffle furent coupés. Je me retournais. Vous étiez là, inatteignable sur l'autre quai, avec la chance pour moi de revenir sur ma raison.

A l'instant où je souhaitais le faire, un nouveau métro s'immisça entre nous. J'aurais pu attendre qu'il reparte, mais il existait un monde dans lequel vous ne réapparaîtriez pas, et cette éventualité me pressa de me rendre de l'autre côté. Heureusement vous étiez encore là. Les premiers mots que je vous adressai étaient empreints d'un mélange de panique et de gêne. Il me semblait si déplacé d'avoir changé d'avis, de me présenter devant vous après la peine que je vous avais fait vivre. Je vous aurais compris si vous ne m'aviez pas répondu, mais vous ne l'aviez pas fait, sans grande surprise, me répondant par trois mots que je remarquai plus tard être en lien avec notre journée, et qui confirma l'unicité de ma rencontre. Alors que j'avais décidé de ne plus rien attendre de la vie, je me suis surprise à désirer qu'elle puisse se prolonger.

7

Dès lors, il me fallait vivre sept jours. Une échéance qui me semblait lointaine bien qu'elle m'octroyât le temps de me reposer afin de pouvoir pleinement vous retrouver. Je vivais chaque jour avec la volonté de survivre, chaque nuit avec la peur de me réveiller dans un état détérioré. Mais mes yeux parvinrent à s'ouvrir le samedi matin, une semaine de plus à mon existence dont le présent était de vous revoir.

Aux abords du Musée Rodin, je vous cherchais parmi la foule qui convergeait vers le lieu. Ce n'est qu'au moment où je franchis l'entrée que je vous vis, à quelques mètres devant moi, séparé par des visiteurs qui vous coupaient de mon regard. De là où j'étais, je percevais vos yeux qui examinaient la foule, pourtant, pas une seule fois ils ne se sont arrêtés sur moi. Le doute commença à m'envahir, une appréhension à l'idée que cet homme vers qui je m'avançai ne soit qu'un double de vous. Malgré cela, je continuai de m'approcher en espérant assister à l'instant où le regard de cet homme posé sur moi permettrait de dissiper mes peurs. Toutefois, ses yeux se portèrent sur son téléphone, ne faisant ainsi qu'exacerber mes supplices. Le regret de notre dernière séparation me frappa à cet instant. Je poursuivis mes pas, les arrêtai devant cet homme. Sa tête se leva, ses traits et son regard me délivrant de mes tourments.

Ce n'est qu'après que je remarquai la beauté des lieux. Dès les premiers pas dans le jardin, cette nature soigneusement pensée me réconforta. Comme s'il avait suffi d'y pénétrer, mon humeur s'harmonisait à son ambiance. Une tranquillité qui m'envahissait, une paix qui me rappelait ce que votre présence me procurait. A chaque pas, je m'y abandonnais un peu plus, enchantée par les odeurs et les couleurs des fleurs, avant d'être stupéfaite par la sculpture du Penseur. Je vous vis partir en direction d'elle tandis que je restais à ma place pour capturer cette image.

Je partis ensuite vous rejoindre mais vous ai retrouvé dans un état d'inquiétude qui m'intrigua, puis m'affligea lorsque j'en compris les raisons. Je prenais conscience des ennuis qui vous avaient accablé durant ces dernières minutes, ces derniers jours, et anticipais ceux que vous ressentirez par ma faute. J'étais la coupable de tous vos maux, ce qui ne vous a pas empêché de me prononcer vos mots, d'une sincérité telle qu'ils m'autorisèrent à rêver. Pour la première fois, je ressentais que l'on me désirait, dans son sens le plus simple et le plus beau, qui laissait entendre que ma seule présence à vos côtés suffisait. Tout votre être me signalait de m'abandonner à mon cœur, et de nouveau, je me suis prise à attendre de mon destin.

Ces moments qui m'étaient donnés de vivre me firent ressentir la mélancolie que je ne les retrouverais qu'à travers mes souvenirs. Notamment celui où nous étions assis sur le banc, où la vie semblait si simple et si paisible, où la seule observation du monde me contentait. Les feuilles des arbres qui vibraient sous le vent, les oiseaux qui se posaient sur les sculptures, les éclats de rire des passants, il y avait dans ces scènes du rêve que je contemplais les yeux ouverts.

La visite du jardin s'acheva et nous nous dirigeâmes vers l'hôtel qui m'émerveilla à mon premier regard. La sobriété des couleurs et la majestuosité de l'architecture évoquaient les plus belles cérémonies, les plus belles tenues et les scènes de romances les plus touchantes. Nous terminions la première partie de l'exposition et montions à l'étage pour la poursuivre. Quelques secondes après que nous soyons entrés dans la première salle, vous m'avez interpellé, intrigué par une sculpture. A la vue de ces deux mains, les miennes tentèrent de les reproduire. Mais face à l'irréalisable, votre main apparut, prenant place dans cette danse comme si l'orchestre l'attendait. Votre geste me surprit dans un premier temps. Dans un deuxième, il me fascina au regard de l'intensité qui s'en dégageait. Nos mains ne se lâchaient du regard, mais aucune n'osait faire le dernier pas. Mes yeux se portèrent naturellement sur les vôtres, retrouvant la même intensité dans leur lueur. Vous sembliez si absorbé par la précision de notre mimétisme, si imperturbable dans cette chorégraphie, mais à l'instant où nos doigts se touchèrent, que nos mains se mirent à danser, tout votre être se troubla. Comme s'il avait été détaché de l'instant, votre regard semblait avoir perdu son objectif. Puis, il croisa le mien et mon cœur s'emballa. Ma respiration ainsi que ma vue se troublèrent. Vos yeux devinrent insoutenables. Il fallait les fuir pour dissimuler la discorde qu'ils avaient provoquée en moi. Pendant quelques minutes, je demeurai perdue, mon esprit ne parvenant à en reprendre le contrôle. Ce n'est qu'une fois l'exposition terminée, lorsque nous descendîmes les escaliers, que je pus prendre le recul sur les événements.

J'ai apprécié notre second tour du jardin, voyant là une chance de ressentir cette nature. Son atmosphère me rappela celui du Jardin du Luxembourg, ce qui me donna l'envie de vous la partager. Lorsque je vous ai fait part de cette intention, les traits de votre visage se sont élevés de surprise. Ils brillaient d'un éclat qui me ravissait et qui me touchait que par cette simple attention je puisse vous rendre un fragment du bonheur que vous m'apportez. Durant le chemin pour nous y rendre, j'aimais entendre l'enthousiasme dans vos paroles pour deviner la destination de nos pas, si bien que je m'évertuais à perpétuer le mystère pour continuer à l'écouter.

Propre à ce fait, j'ai toujours cherché à préserver une part d'ombre à mon sujet, à garder une certaine distance dans notre relation pour ne pas qu'elle dépasse les frontières de nos rencontres en face à face. Inévitablement, nous aurions parlé de nos passés, et avec eux, l'état de ma santé que je m'efforçais de vous cacher. Mais je pense que vous aviez tout remarqué, et je vous remercie de ne pas avoir insister.

En arrivant aux abords du Jardin du Luxembourg, j'eus la crainte que vous connaissiez cet endroit ou que ses similarités avec le Musée Rodin le rendent ordinaire. Mais votre regard furtif lors des premières foulées sur l'allée principale me rassura. J'impatientais de vous faire découvrir ce lieu que je perçus pour la première fois depuis ma chambre d'hôpital. A travers les larges fenêtres, je pouvais observer le jardin ainsi que les personnes qui s'y promenaient. Chaque jour, je passais des heures à les regarder. J'avais même fini par retenir les habitués du site. Ces inconnus à qui j'avais inventé un nom et que je fus heureuse de croiser lors de ma première visite dans le jardin. Avec mes parents, de la manière dont je vous avais conduit à l'allée d'herbe, nous nous sommes assis, contemplant le monde dans une simplicité où la présence de ma mère et de mon père me comblait.

Ce souvenir qui me réchauffe le cœur, je souhaitais en créer un nouveau de votre empreinte. Mais la pluie s'immisça dans ce souvenir, sa seule apparition parmi tous les précédents. Pour la première fois, je voyais le jardin se vider. Ce monde qui se dissipe, cette pluie, nous… je repensais à cet instant où je m'étais réfugiée des circonstances sous l'auvent. Un regret à l'image de ma vie que je désirais cette fois m'en délivrer. Je tiens à vous remercier de m'avoir protégée de l'averse avec votre veste, de ne pas m'avoir retenue lorsque je partis de votre abri, et de m'avoir suivi dans une nouvelle de mes folies. Sous le déluge qui nous retrouva, j'eus la nostalgie de toutes ces averses que je n'aurais dû fuir.

Mais cette pluie finit par s'arrêter, avec elle, notre danse et notre privilège de posséder le jardin. Nous le quittâmes dans un silence qui semblait être la suite destinée à nos prestations. J'étais toujours perdue dans notre danse, ne remarquant que nous avions franchi les grilles du jardin qu'à l'instant où vous aviez pris la parole pour me proposer de m'emmener dans votre lieu favori. La symbolique de découvrir un endroit qui vous soit aussi cher m'émut, au point d'en oublier ma condition. Nous nous éloignâmes, ponctuant cette séparation par les révérences auxquelles je prenais plaisir à vous voir accomplir. J'impatientais que les sept prochains jours s'écoulent, mais ils se déroulèrent dans une tournure différente de celle que j'aurais souhaitée.

8

Dès le lendemain, je retrouvai des sensations familières à celles qui avaient précédé mon dernier séjour à l'hôpital. Etant donné que ma santé faisait de la moindre maladie un danger, je prenais mes précautions pour qu'elle ne s'aggrave pas. Me reposer, stabiliser mon état par la prise de médicaments, me forcer de manger pour gagner en vitalité, tout cela dans le seul but de pouvoir honorer votre geste en m'accueillant dans votre lieu préféré. J'espérais qu'au terme de ces sept jours mon état s'améliore, mais à la veille de nos retrouvailles, bien que mes symptômes tendissent à disparaître, je sentais que ma faiblesse persistait. Durant cette dernière nuit, je ne désirai que de pouvoir me réveiller ne serait-ce que pour ce seul jour. J'en ressentais même la peur de m'endormir. Puis, au fil des heures, la fatigue parvint à m'apaiser. Le lendemain, bien que je me réveillasse soulagée, je sentais que mon état ne s'était pas amélioré, ma nuit à veiller l'avait même aggravé. Alors, jusqu'à l'instant où je devais partir vous retrouver, je passais mon temps à l'image des derniers jours, allongée sur mon lit afin de conserver mes forces pour la soirée.

L'heure de partir était arrivée. Pas après pas, je sentais que je me rapprochais de vous. Je montais à bord d'un train, qui en cette fin d'après-midi, se remplit rapidement. Rester debout, être collée aux autres, le bruit incessant de certains, ces conditions puisèrent dans les maigres forces qui me restaient. Lorsque le train stationna dans une gare, la vue de ses portes qui s'ouvraient me poussa à l'extérieur afin de trouver une chaise libre pour m'y asseoir et me remettre en état. Je ne pouvais me permettre d'arriver devant vous dans un état si lamentable qu'il aurait terni la soirée que vous aviez préparée. Aussi, je craignais que ma santé puisse changer la manière dont vous me perceviez, et égoïstement, je me suis autorisée un retard, me rappelant des mots que vous m'aviez confiés près du Penseur.

Dès que je me sentis mieux, je montai dans un nouveau train. Je pus trouver une place pour m'asseoir, en face d'un écran dont l'heure qui était affichée me procurait la peur de ne pas vous voir. Cette peur, s'intensifia à chaque stationnement du train dans une gare, à chacun de ses arrêts inexpliqués en pleine voie. Quand il arriva enfin à destination, je me précipitai de sortir. Je suivis les autres passagers, dévalai les escaliers, remarquai la sortie principale, passai les portiques, franchis les portes de la gare. Je balayai la place du regard et vous vis, à ma droite, assis sur le sol contre le mur, le regard si vide qu'il semblait aveugle.

Je m'approchais de vous avec une culpabilité qui me freinait. Mais par la délicatesse de votre doigt sur mes cheveux, la générosité de votre discours, vous m'avez consterné par votre bonté, ne m'en voulant pas une seconde pour mon retard que j'expliquais en outre par les pires raisons. Vous sembliez même soulagé, heureux de voir une femme qui ne vous dévoilait rien, qui ne désirait vous voir qu'une fois par semaine, sans vous donner la moindre nouvelle entre-temps. Je me suis interrogée sur votre tolérance à mon égard. Je me sentais indigne de vous côtoyer, vous et votre cœur. Depuis le début, j'avais été égoïste. Je vous promettais de vous revoir sans aucune certitude que je le pouvais vraiment. J'ai abusé de votre bonté et cet événement me le rappela. Je me suis alors promise de ne plus vous risquer à vivre une autre désillusion, en vain. Il ne m'a fallu qu'un seul échange, un seul ton, un seul de vos mots pour que me faire regoûter au bonheur. Mes paroles s'exprimèrent avec fluidité et aisance, tandis que mon rire rayonna d'un éclat que je semblais n'entendre qu'en votre présence. Avec vous, j'oubliais les tourments des dernières heures et des dernières années.

La balade sous le crépuscule était si agréable que je pensais que notre soirée se résumerait à cela, jusqu'à ce que vous ne vous arrêtiez et entriez dans un passage révélant un monde à part. Nous marchâmes le long du sentier qui me captiva par son calme, ne remarquant la lumière au bout qu'au moment où vous m'aviez demandé de fermer les yeux. Votre main qui me guidait dans mes aveugles pas me rassura, et lorsque vous m'aviez autorisée à rouvrir mes yeux, j'eus l'impression d'être dans un rêve, dans un que j'avais imaginé durant des heures avant de m'endormir. Tout était parfait. Je n'osais y faire le moindre pas, ayant l'impression que le bruit causé aurait fait voleter la magie qui nous entourait. Dans ce paradis, votre voix s'éleva avec douceur, la note semblant s'être accordée à l'atmosphère du lieu. Nous reprîmes alors notre marche dans ce décor à travers les brises qui nous unifiaient aux éléments et atteignîmes notre véritable destination, près de l'arbre dont le feuillage abritait le banc.

Plongée dans ce rêve, je vous regardai déplier la nappe et sortir le matériel artistique que vous aviez emmené. Comme si ce rêve possédait lui-même le sien, vous ne cessiez de m'étonner par la magnificence de vos idées et de vos actes. Alors, quand je vous ai vu réfléchir sur l'objet de votre dessin, je vous ai imaginé, réfléchissant avec cette même détermination pour trouver toutes ces idées. Pour ma part, je savais que je dessinerais quelque chose qui vous serait destiné, quelque chose qui exprimerait ce que j'éprouvais à votre égard.

La nuit finit par nous arrêter. Je m'allongeais sur la nappe pour observer le ciel noir illuminé de ses étoiles. Ce tableau me rappela les nuits passées à l'hôpital, où les seules lumières provenaient des fenêtres parisiennes. Mais cette nuit, tout était différent. J'étais dehors, sous ces pointes scintillantes dans le ciel, accompagnée d'une personne qui me rendait libre, libre de faire et de dire ce que je voulais sans craindre d'être jugée. Nos échanges prirent une nouvelle allure. Par le timbre plus doux de votre voix, j'avais cette impression que vos sentiments enfouis se libéraient. Ils me touchèrent, comme votre vécu qui, malgré ses peines et ses douleurs, n'enlevait la lueur dans votre regard. Cette illumination que j'aimais contempler.

Lorsque vous vous êtes tourné vers moi, j'ai ressenti le besoin de me lier à vous. Ma main se leva sur laquelle vous avez déposé la vôtre. Je sentis vos doigts se refermer et je m'empressai de vous reproduire. C'était dans ces moments que notre relation était à part, aucun mot n'était nécessaire pour lier nos pensées. Dans le calme nocturne, votre regard qui soutenait le mien et vos doigts qui caressaient ma peau, réchauffèrent mon cœur qui en oublia le temps, ce temps qui finirait inévitablement par le faire cesser de battre. Le rappel de cette réalité me fit échapper ma main de la vôtre, tournant avec honte mon corps vers le sombre ciel. Devais-je vous dire toute la vérité ? Ou mentir en prétendant devoir partir loin afin d'adoucir notre séparation ? Mais je n'eus le courage de rien. Pire, dans les ultimes instants, alors que je m'apprêtais à monter dans le taxi et à vous quitter définitivement, mon cœur fragile reprit une dernière fois le contrôle.

A quelques centimètres de vous, je ne pus me retenir de vous admirer. Mes yeux voguaient parmi les reliefs de votre visage, devenant des témoins d'un cadre dont la beauté à l'intérieur déversa une chaleur dans mon cœur. Mes yeux retrouvèrent ensuite les vôtres, et par cet échange, je m'abandonnais à mes sentiments. Je me rapprochais. Mes paupières se fermèrent. De cet aveuglement s'immisça un flottement, similaire à celui qui nous impatiente lorsqu'un artifice vient d'être lancé. Volant dans le ciel, se rapprochant de l'inévitable, mon cœur palpitait, de plus en plus fort. A la rencontre de nos lèvres, il explosa tel un bouquet final. Ce renversement de mon existence marquait l'amour que je vous portais. Vous, l'être solitaire qui ne veut s'attacher à personne, l'inconnu aux pas de danse désastreux, l'homme cruel par la beauté de ses mots et de ses actes, je vous aime. Je vous aime d'un amour qui me ronge de ne pouvoir le poursuivre car cet amour se doit d'être à la hauteur de vous, de votre sincérité, de votre droiture, et de ne désirer que le meilleur pour votre cœur.

Ainsi, je conclurais cette lettre par dire que ce n'était qu'au travers de nos échanges, de votre voix et de votre regard où il était si confortable de s'y perdre, que je pus trouver une nouvelle raison de vivre. Les souvenirs que nous avons créés ensemble me sont chers. Je suis heureuse d'avoir pu les vivre et… j'en viens même à penser que les malheurs que j'ai connus n'étaient au final pas si mal puisque d'une certaine manière ils m'ont amené à vous. Pour m'avoir fait sourire, reprendre espoir, reprendre goût à la vie, parce que vous et pour tout ce qui est grâce à vous, merci. Mes derniers instants à vos côtés étaient merveilleux.

…

Je lisais ces dernières lignes, remarquant le prénom de cette femme écrit en guise de signature. Un sourire se dessina sur mon visage malgré les larmes qui le parcouraient. Je relevai ma tête, constatant que le soleil avait disparu. Seuls ses derniers rayons continuaient de m'éclairer. Je prononçai son nom à voix haute qui semblait si bien lui convenir. Les souvenirs défilèrent dans mon esprit, prenant une nouvelle valeur. Je laissai mon imagination vagabonder et créer de nouvelles scènes où cette femme, dont je connaissais maintenant le nom, se retournerait à son entente. Le vent se mit à souffler, faisant tomber les feuilles sur le chemin. Je me levai pour les ramasser, puis tombai sur cette femme qui se trouvait devant moi.

De ses yeux saillissaient des larmes. De ses larmes saillissaient une tristesse qui étreignait son cœur au point de lui couper la parole. Dans cette détresse, seul son corps semblait pouvoir parler. Elle parvint à se rapprocher, faisant quelques pas vers moi. Elle porta sa main gauche sur son visage pour essuyer ses larmes et me tendit une toile de l'autre main. Un cœur rouge était dessiné :

Voilà la toile que je vous ai peinte. Elle est simple, un seul trait de pinceau m'avait suffi pour la dessiner. Pourtant, durant les heures qui suivirent, je n'eus le courage de vous le donner. Et malgré tout ce que j'ai pu écrire sur ces feuilles, je suis là, devant vous. Une fois de plus, je fais preuve d'égoïsme en décidant de vous quitter et de revenir, mais rien ne surpassera ce que je m'apprête à vous demander…

Elle éclata en sanglots à cet instant, comme si les larmes qu'elle avait tentées de contenir venaient de déborder. Elle les essuya avec ses manches, prit une dernière inspiration avant de me demander :

Seriez-vous d'accord pour que nos musées puissent partager de nouvelles toiles ? Je ne vous dérangerais seulement que pour quelques pièces…

Ma respiration reprit. Cette fois, j'étais parfaitement conscient de ce qui se passait. Cela devait être dû à la lettre que je venais de lire ou à l'apparition inattendue de son autrice, car mon cœur éprouvait une sérénité, une assurance dans ce qu'il désirait. Je me tournai, faisant dos à cette femme. Je ramassai les bouquets de fleurs restés sur le banc, me retournai et les lui tendis. Elle les prit, les contempla, et ses larmes qui coulèrent de nouveau se déversèrent sur eux, leur conférant une nouvelle source de vie comme la demande de cette femme conféra à la mienne.

SIXIÈME PARTIE

J'ai trouvé un lieu qui aurait pu te plaire. Un lieu avec autant de vie que notre Jardin du Luxembourg et aussi apaisant que notre atelier de création. Un lieu où la nature et l'homme semblent être en symbiose, où la présence des deux est nécessaire à son unicité.

Des arbres immenses accueillent les visiteurs, et malgré leur nombre qui pourrait s'apparenter à une forêt, tous sont différents. Différents par la couleur de leurs feuillages, les motifs dessinés par leurs branches, la largeur de leur tronc, ou dans la façon dont ils s'élèvent dans le ciel. Les hommes, eux, semblent tous similaires. Dans ce cadre, ils inspirent le sentiment de ne se préoccuper que du présent.

Je suis justement dans ce lieu pour t'écrire cette lettre. Le soleil illumine depuis le ciel. Une brillance qui enchante les éléments dans de douces brises d'un début de printemps. Je me suis assis sous l'ombre de mon arbre préféré, qui sans raison véritable, a su me convaincre de le choisir parmi les milliers qui ornent le site.

Une plaine se déploie devant moi au milieu de laquelle un groupe de sept adolescents s'est arrêté pour profiter de leur après-midi. Une mère et son fils viennent de ranger leurs affaires et de partir en passant devant moi. Le garçon pleurait, sûrement avait-il compris ce qui lui reviendrait en quittant cet endroit. Autour de la plaine, tous les bancs sont occupés. Il est de ces lieux que l'on ne peut apprécier qu'en y prenant le temps de s'arrêter, et je pense qu'il en fait partie. De nombreuses familles semblent profiter du cadre pour marquer les premiers pas de leurs enfants, toutes avançant au rythme de ces nouveaux êtres qui sont intrigués par une simple herbe, et qu'il faut alors tenir par la main pour avancer. Une petite fille par exemple, s'arrêtait sur le bord du chemin pour cueillir des fleurs qu'elle se précipitait de donner à sa mère.

A cette place où je suis assis, la vie semble sublimée. Cette vie qui est mienne dont je souhaite cueillir le moindre instant afin de te l'offrir. Si je t'écris aujourd'hui, c'est pour te remettre un bouquet. Le plus beau que j'ai pu créer depuis que tu es partie.

...

Il y a quelques jours, je suis tombé sur un article qui annonçait le retour d'une exposition consacrée à Van Gogh au Musée d'Orsay. C'était avec appréhension que j'ai perçu la nouvelle, ressentant une réticence à m'y rendre car j'avais bien une idée de la manière dont la visite se déroulerait. Mais j'y suis allé, porté par l'espoir de t'y voir.

Une fois à l'intérieur, comme je l'avais pressenti, les souvenirs me sont revenus, me submergeant au point de perdre toute extase pour les œuvres et les architectures.

Aveugle de cette beauté, je suis monté au dernier étage pour arriver devant l'exposition. J'entrai, puis m'arrêtai à l'endroit où je t'avais remarqué. La Chambre était disposée sur le même mur et dans son malheur, La Nuit Etoilée se tenait de l'autre côté, attirant toujours l'attention de la foule comme si cette dernière n'avait jamais quitté les lieux malgré les années. Toutefois, La Chambre était seule. Il n'y avait personne pour la regarder, personne pour s'intéresser à ses détails, personne pour chambouler son existence.

Lorsque mes yeux ont retrouvé le tableau, je me suis rappelé de notre conversation, et avec elle, l'immobilité de ta posture, la légèreté de tes cheveux, le mystère dans ton visage, l'intensité qu'il y avait dans ton regard. Tu es partie et je suis là, dans ce musée où il n'y a que toi. J'aurais pu m'efforcer de regarder les œuvres d'un œil vierge de tout précédent, me convaincre que je les découvrais pour la première fois, et substituer cette expérience du musée à celle liée à toi. Mais une partie, en toute vérité l'entièreté de mon être, souhaite que cette représentation perdure pour l'éternité, que ce musée demeure le panthéon de mes souvenirs à tes côtés. Ainsi, le temps d'une journée, je me suis laissé la liberté de me perdre dans le passé pour revivre le bonheur que ta présence évoquait en moi.

Dans l'aveuglement de mes pensées, j'ai parcouru le reste de l'exposition, atteignant la fin où j'ai fait marche arrière, pour revenir sur mes pas comme une évidence. Dans le long couloir, ta silhouette se promenait au milieu des tableaux, s'arrêtant devant certains dont le premier coup d'œil posé dessus me ravivait nos échanges. Tableau après tableau je m'arrêtais, autant de temps que notre conversation avait duré.

Je suis arrivé sur la Terrasse des sculptures, faisant face aux œuvres de Rodin. Je les ai contemplées avec l'attention que tu avais, remarquant des détails qui me réjouissaient à l'idée que tu les avais vus. Lorsque je me suis éloigné des statues, mon regard a été attiré par l'horloge. Cette même horloge que tu avais remarquée, dont les aiguilles noires qui devaient représenter l'heure, décrivaient pour moi les quelques instants d'insouciance qui précédèrent la révolution de mon histoire.

Toutefois, le musée n'avait pas fait d'annonce, il était encore trop tôt. Je me suis dirigé vers les dernières salles, sentant les battements de mon cœur s'emballer à chaque pas. Je le savais, avant même d'arriver, que mes émotions atteindraient leur paroxysme à l'approche de cette pièce. Chaque pas qui m'en rapprochait dévoilait un peu plus l'intérieur. Malgré les années, tout était identique, les mêmes tableaux, la même immensité, le même silence, à l'exception de la certitude que j'entrais seul. Seuls mes pas résonnaient dans la pièce, sinon le silence qui régnait de nouveau une fois que j'avais pris place. J'ai fermé les yeux pour te voir apparaître. Mes mains se sont levées, posées sur toi, et après un ultime silence avant que les rideaux ne s'ouvrent, notre première représentation débutait. S'ensuivait une autre, encore une, combien de fois nous sommes-nous produits ? Finalement, les lumières se sont allumées dans la salle et les rideaux se sont fermés. Il était temps que nos corps se délient. J'ai rouvert les yeux et suis sorti de la pièce, m'excusant auprès d'une guide que j'avais fait attendre.

Je me dirigeai vers la sortie du musée, dans un silence pesant que j'espérais voir rompu par la mélodie de la pluie. Arrivé dans le hall d'entrée, c'est un grand soleil qui m'accueillit, éclipsant dans le même temps toute justification pour perdurer sous l'auvent. Mais je le ressentais au fond de moi. Je ne voulais que cette journée, cette parenthèse à ma vie, ne se conclût à cet instant. Je n'avais plus de doute sur la direction de mes prochains pas, comme s'il était inconcevable que cette journée ne passe par cet endroit.

Je me suis arrêté devant la fontaine avant de poursuivre jusqu'à l'allée d'herbe sur laquelle je me suis assis. Je le remarquai à ce moment, une fois que mes yeux s'étaient levés pour retrouver le spectacle devant moi, qu'il s'agissait de la première fois que je le regardais sans toi. Ce tableau dont tous les éléments continuaient de scintiller d'une liberté, semblait manquer la lumière qui leur avait permis de rayonner. Était-ce ainsi que tu contemplais le monde ? Quel tableau aurais-tu dressé si tu étais à mes côtés ? Mais je fus stoppé dans mes questions. Comme si elle avait attendu que je n'arrive, la pluie est apparue. La scène semblait se reproduire : les nuages gris dans le ciel, les personnes qui partaient, les premières gouttes qui tombaient sur ma main. Lorsqu'il n'y avait plus que l'averse dans le jardin, je me suis levé. Je savais que tu ne serais pas là, mais je me suis retourné. Puis, j'ai suivi nos pas. Révélés par les gouttes tombant sur le sol, nos empreintes me conduisirent à cette place. Je fermais les yeux, laissant les rideaux s'ouvrir pour une nouvelle représentation. Une unique, car bien que la pluie continuât de tomber, il me restait un lieu dans lequel je devais me rendre, comme s'il était écrit que l'aparté de cette journée, devait trouver son point final à cette place.

Il faisait nuit lorsque j'arrivais au pied de l'arbre. Sous son feuillage qui me protégeait de la pluie, je contemplais le ciel illuminé par une multitude d'étoiles. A l'image de ces astres envers la nuit, mes pensées te demeurent fidèles, chaque détail de mes journées pouvant raviver ton visage dans mon esprit. Te souviens-tu de nos interrogations sur le couple qui nous avait salués durant nos peintures ? Il s'avère que leur histoire avait débuté de la même manière, dans ce même endroit. Leur histoire t'aurait touchée, c'est certain. Ils l'ont également été, en écoutant la tienne.

Il m'a fallu du temps pour que la tristesse de ces souvenirs évolue en une bénédiction, une étreinte que je peux embrasser de tout mon être. Tu occuperas une place singulière dans mon cœur, une part à tout jamais scellée qui te sera dédiée, où son battement surpasse encore le reste. Tu n'auras été qu'un passage dans ma vie, mais quel bouleversement tu y as apporté ! Tu m'as offert la possibilité de rouvrir les yeux sur mon monde, de comprendre sa beauté et sa fragilité, son caractère imprévisible et étonnant à la fois, sa trajectoire, susceptible de changer par un regard posé sur une inconnue.

© Vincent Lim, 2024
Édition : BoD · Books on Demand GmbH, In de Tarpen 42,
22848 Norderstedt (Allemagne)
Impression : Libri Plureos GmbH, Friedensallee 273,
22763 Hamburg (Allemagne)
ISBN : 978-2-3225-3284-1
Dépôt légal : Décembre 2024